心臓に毛が生えている理由《わけ》

米原万里

角川文庫
16795

目次

I 親戚か友人か隣人か

II 花より団子か、団子より花か

III　心臓に毛が生えている理由

Ⅳ　欲望からその実現までの距離

V ドラゴン・アレクサンドラの尋問

I

親戚か友人か隣人か

神聖なる職域

オホーツク海のほとりにあるオホーツクという町は、砂州の上にある。満ち潮になると、大陸とのあいだは海水によって完全にへだてられる。人口一万人未満。この町を取材するテレビ・クルーに付き添ったのは、一〇年以上も昔のことだった。

日本に葉書を送るため、切手が必要になって郵便局に立ち寄ったときのこと。切手と書かれた窓口をのぞくと、係員の座席は空いている。隣の、速達窓口のヒマそうな職員が怒鳴る。

「そこにいつまで立ってても無駄よ。この人は病欠なの」

「それじゃ、代わりに切手を売ってくださいませんか」

「あなた、何てことをおっしゃるの」

職員は呆《あき》れ返った顔をして、こちらをにらみつける。

「そんなこと、できるはずないでしょ！　わたしには、この人の職域を侵す権利はないのよ」

郵便局内を見回すと、ヒマを持て余し気味の職員がアチコチで、おしゃべりしたり、チェスを打ったりしている。町では、ここが唯一の郵便局だったから、結局、オホーツク町から葉書を投函《とうかん》することは諦《あきら》めざるを得なかった。

こういう限りなく理不尽に近い不合理は、国民皆お役人の社会主義社会特有の現象なのかと思っていたら、フランスでも似たような目にあった。ストラスブールのカフェに総勢一六人で押しかけたことがある。

われわれを受け持った愛想《あいそ》のいいギャルソンは、皆が一つのテーブルを囲みたいというこちらの要望に応《こた》えて悪戦苦闘。汗だくになって、机や椅子を並べ替え、テーブルクロスをかけなおし、一六人分の食器を並べる。ところが、すぐ隣の席は客が一人もおらず、ギャルソンがヒマそうに突っ立って、冷ややかに孤軍奮闘する同僚を見つめるのだ。

「なぜ、あちらのギャルソンは、手伝わないのかしら。なぜ、こちらのギャルソンは、助けを乞《こ》わないのかしら」

料理研究家の妹が得々とコメントした。

「つい、最近までヨーロッパの格式のあるレストランもみなそうだった。互いのテリトリーは神聖不可侵なのね」

「同じ職場の仕事仲間なのに？」

「いや、ギャルソンは各々カフェから一定のテーブルを利用して商売する権利を買っているんだ。客の注文に応じて、カフェから飲み物などを買う。それを客に売った差額が、ギャルソンの取り分になる。ちょっと、来てごらん」

厨房《ちゅうぼう》に向かう扉の向こう側をのぞいた。次々にギャルソンが注文を読み上げたり、飲み物や皿を受け取って運び出したりしている。その傍らにズラリとレジスター機が並んでいた。

「厨房との決済のため、ギャルソンは発注するたびに、それに注文の品を受け取るたびに、ああやって、レジスターに打ち込んでいくんだ」

今ではレストランのギャルソンは給料取りになってしまって、このシステム、こうして、わずかにカフェなどに名残をとどめているらしい。

でも、理不尽にも理はある。このシステムでは、第一に、ギャルソンは狭いながらも一国一城の主《あるじ》。料理や飲み物に関する知識、話術、身のこなしなどを磨いて客を惹《ひ》きつける誇り高いプロになる。そして、いつか自分の店を持つと、顧客はギャルソンについていく。日本の場合、板前が独立して店を持つことが多いが、ヨーロッパでは圧倒的に接客係による開店率が高い。

第二に、ここには、料理をつくる業務と接客業務を厳然と仕切る職域思想がある。日本の場合、特にカウンター形式の店など板前が直に客にサービスする形式が多いが、あれは、大変なストレスなのだそうだ。イッパシの料理人は誰しも、自分の味が一番と自負している。それが分からぬ客を心の底では小馬鹿にしている。客の目の届かぬ厨房ならば、その客に毒づいて心のバランスをはかれるものを、客に媚《こ》びへつらってサービスするのは、想像以上に辛《つら》いものがあるらしい。

陽のあたる場所

セオドア・ドライザーの『アメリカの悲劇』を映画化した「陽のあたる場所」は、一九五一年度の作で、アカデミー賞監督賞などを受賞している。

今でも時々テレビで放映されるので、ごらんになった方も多いことだろうから、蛇足になるかもしれないが、あらすじは、以下の通り。

モンゴメリー・クリフト演ずる貧しい家庭出身の青年が、エリザベス・テイラー扮《ふん》する富豪の娘に気に入られて結婚出来そうになる。これで、今の恵まれない境遇から脱出できそうだ。輝かしい前途が約束されたようなもの。妊娠させてしまった女工のアリスのことなど決して知られてはなるまい。アリスとは早く手を切ろう。だが、ボートの上で切り出した別れ話はもつれ、ボートは転覆、アリスは溺死《できし》。青年は殺人罪に問われ、電気椅子に送られる。

あらすじからお察しの通り、題名の「陽のあたる場所」は、喩《たと》えである。主人公の青年がそこへ入り込もうと野心をたぎらせたものの、結局果たせなかった、「社会的に恵まれた居心地の良い境遇」、社会的ステータスを指す。英語の原題は、「A Place in the Sun」、ほぼ字句通りの訳で、日本語としてそのまま意味が通る。

こういうふうに、比喩《ひゆ》的表現が字句通りの訳でそのまま通じてしまうということは、非常にめずらしい。とくに、歴史と文化を共有してこなかった時間の方が、共有する部分が出てきてからの時間よりはるかに長い日本語圏と英語圏のあいだでは、奇跡と言ってもいい。

だって、ちょっと考えただけでも、炎天下の砂漠では、「陽のあたる場所」なんて決して「社会的に恵まれた居心地の良い境遇」の喩えにはなり得ないだろうし。それに、日本では、家々が一斉に南に向いて建っているのが当たり前だけれど、ヨーロッパでは、南向きの部屋は、家具が傷みやすいと敬遠されるらしいし。

三年ほど前の二月の末、原子力研究所のセミナーで通訳をしたことがある。会議のあいまに、主催者である日本人研究者たちの運転で、セミナー参加のロシア人ともども東海村の海岸べりをドライブした。

海岸線が見えてくると、マイクロバスの中は興奮の坩堝《るつぼ》と化した。ロシア人一同が座る席がドッとわいたのだ。

「信じられるか、太平洋だぜ、太平洋！　海じゃなくて、大洋だよ！」

こうなると、斯界《しかい》の第一人者と目される老学者も新進気鋭も子どもに返ったみたいなはしゃぎっぷりだ。

車が停まると、われ先にと飛び出して海べに向かって走っていく。波打ち際スレスレのところで、一斉に衣服をはぎ取りはじめた。感心なことに、みな海水パンツをすでにはいている。一人だけ、海水パンツを持ってこなかった男は、素っ裸で海水の中にバシャバシャ入っていった。

真っ青に空が晴れ渡る日だったとはいえ、寒風が肌を刺す二月。オーバー姿のわれわれ日本人にとっては、見ているだけで、風邪をひきそうな光景である。呆れ返ってものも言えない日本人の中で、ひとりM博士が口を開いた。

「こうやって、やたら水に入って泳ぎたがるのは、北の、寒い国の人間ですな」

「南の、暖かい南国の方が、水には入り易いと思いますけど、違うんですか？」

「いやいや、インドやスリランカに行ってごらんなさい。上流階級の人間ほど、決して水に入ろうとしないから。水に入るのは身分の低い人間のやることだと思ってるんですね。水に入らなくてもよい、泳がなくてもよいというのが、富とステータス・シンボルになってるんだなあ」

「寒い国では、泳げることがステータス・シンボルってわけですね」

「うん、寒い国で泳げるようになるには、それなりの金がかかるからねえ」

たしかに、アメリカの金持ちの邸宅はプール付きってのが多い。

でも寒空の下、嬉々《きき》として泳ぐロシア人を見ていると、彼らにとっては、水泳は富よりも健康と蛮勇のシンボルみたいだ。

頭寒足熱

「カッカッするな。相当頭に血がのぼってるな。そう熱くならずに、ちょっとは頭を冷やせ」

という言い方は、しばしばする。

この場合の「頭を冷やす」とは、物理的に温度を下げることではなく、あくまでも冷静にさせるという意味の喩えである。

英語でもロシア語でも、「熱い頭」といえば、「短気、せっかち」の喩えであるし、その「熱くなった頭をクールダウンさせる」とは、つまり冷静な判断力を取り戻させることの、やはり喩えである。

ところが、「頭寒足熱」という言い方になると、字句通り頭を低温に保ち足を暖かくするよう奨励する戒めである。熟睡するためにも、健康を維持するためにも、思考力や判断力をベスト・コンディションに保つためにも、これは疑いようもない最良の方法だと思い込んでいる日本人は多い。

四文字熟語なので、大陸からやって来た言い方かと思っていたら、どうやら、江戸時代に、

「頭寒足熱、田子の日照りに富士の雪」

という調子のいい名文句で人口に膾炙《かいしゃ》していたらしい。

おそらく経験則から生まれた知恵が代々伝えられ、一人一人の実体験で確認されていくのだから定着しない方がおかしい。

実際にわたしたち自身、眠れない夜、足を暖めただけでウトウトしてくることを幾度も体験しているし、頭部と顔面が熱くなり足が冷え冷えと凍える状態が極めて不快なことを身をもって知っている。

というわけで、この日本人の「頭寒足熱」信仰は、かなり根が深い。

まず、「足熱」。そもそもコタツという日本の伝統的暖房器具からして、この思想をもろに体現したものであるし、昔はどこの家にも湯たんぽという代物があった。湯たんぽとは何か、今では、治療用ぐらいにしか用いられなくなっているので、日本人の若い読者のために解説しなくてはならないだろう。枕ほどの大きさの金属製や陶器製の容器で、表面積を最大化するため、凹凸の波形になっている。この容器に熱湯を注いで栓をし、火傷《やけど》しないようにタオルなどでくるんで、就寝時に足下に置くのだ。

「頭寒」関係の小道具として、水嚢《すいのう》や水枕を常備する家庭がこれだけ多いのも、日本ぐら

いではないだろうか。風邪で子供が熱を出したりすると、ほとんど条件反射のように、冷やした濡れタオルを額に当てる。映画やテレビドラマで、寝込んだ病人を甲斐甲斐《かいがい》しく看病する場面では、この額冷やし行為が、ほとんど定番になっている。ちなみに、外国映画の看病場面で、額冷やしを見たことはない。

もちろん、製薬会社がこの習慣風俗を商品化しないはずがない。貼るだけで額がヒヤリとする使い捨て湿布のコマーシャルが去年ぐらいからさかんにテレビで流れだした。

真冬のロシアで、帽子もかぶらずに平気で外をうろつく人を見かけたら、百発百中、それは日本人であると言われるのは、おそらく以上のような根強い「頭寒足熱」文化のせいである。

たまたま通りすがりのロシア人は、そんな日本人を見て、例外なく信じられないという顔をする。驚き呆れて、何度も何度も振り返る。傍らの人とヒソヒソささやき合う。

「どうしたんだ、あいつ。気でもふれたのか⁉」

親切なお婆さんなどが、すっ飛んできて、真顔で心配してくれる。

「可哀想に！　お帽子、無くされたの？　スカーフ貸したげましょうか？」

「なーに、大丈夫です。この方が気持ちいいんです」

日本人の方はいたって気楽なもんだ。

「そんなことしてると、寒さのために頭部の毛細血管が切れてしまうよ。暖かくなった春先、頭が割れるように痛くなりますからね」

そう言われて、日本人はようやく事の深刻さを知る。「頭寒」と言っても、寒さのレベルが違うのだ。

流刑あればこそ

「いかがですかね、あちらのほうが裁判は真っ当でございますかね？」

「さあ。でもロシアとてそう悪いことばかりじゃありませんよ。第一、ロシアには死刑ってものがないでしょう」

「あちらではございますかね」

「あります。僕はフランスで見ましたよ。リヨンで……」

「首を絞めるのですかね？」

「いや、フランスではなんでもかんでも首を切るんですよ……罪人を据えると、こんな大きな包丁が機械仕掛けで落ちて来るんです。ギロチンといってますがね、重いどっしりしたものですよ……すると、瞬きするまもなく首が消し飛んでしまうんですからね。それまでが辛いでしょうよ。宣告が読み上げられて、支度があって、それからふん縛られて死刑台に上げられる、これが恐ろしいんですよ！　人が集まる。女までやって来るんですからね」

右は、ドストエフスキーが一八六八年に発表した『白痴』の導入部に出てくる会話である。てんかんの治療のため療養していたスイスから帰国したての主人公ムイシュキン公爵が、エパンチン将軍家をたずねた玄関先で、取り次ぎの従僕の質問に答える形で対話が進む。

「その瞬間、当人の魂はどんなだったか。きっと恐ろしい痙攣《けいれん》を起こしたに相違ありません。これは、魂の侮辱です！　『殺すべからず』と聖書にもちゃんと書いてあります。なのに、人が人を殺したからって、その人まで殺すって法はない……現に僕は一ヵ月前にそれを見たんだけど、今でもありありと目の前に浮かんでくる。もう五度ばかり夢に見たくらいです」

これは、ドストエフスキー自身が、フランスでギロチンによる処刑を目の当たりにしたときの心の動揺を下地にしている文章である。そして、出身階級も創作手法も異なる同時代の作家トルストイもまた、同じ経験をしてショックを受け、『アンナ・カレーニナ』の中にそれを綴《つづ》っている。

一八六一年まで農奴制を布《し》いていた自国の後進性にコンプレックスを抱いていたロシアの知識人たちが、仰ぎ見るような「先進国」フランスの、あまりにも野蛮な処刑風景に並々ならぬ衝撃を受けたのは、当然だろう。引用文にもあるように、当時のロシアには、非常事態で無い限り、死刑がなかったのだから。

立憲君主制を目指した一八二五年のデカブリストの乱は、鎮圧されたが、絞首刑になったのは、首謀者の五名のみである。数百人の乱参加者は、みな流刑となった。

ドストエフスキー自身、青年時代、社会主義サークルに加わっていたために逮捕され、死刑の宣告を受けながら、処刑寸前になって流刑に切り替えられている。彼の作品『罪と罰』の主人公ラスコリニコフも、金貸し老婆とその姪《めい》を殺した罪でシベリアに流刑になるし、トルストイ著『復活』のカチューシャも殺人罪で流刑となる。

後に帝政ロシアを打倒したレーニンの兄は、皇帝暗殺未遂で死刑になったが、兄とは異なる方法で革命を成し遂げようとしたレーニン自身は、流刑になっている。

わたしは、デカブリストの乱に参加したトルベツコイの流刑先のイルクーツクの屋敷や、シベリアの奥地シューシェンスコエのレーニンの流刑先を訪ねたことがある。今は、どちらも博物館になっているのだ。

彼らは、夏には釣りを、冬には狩りを楽しみ、読書三昧《ざんまい》の毎日をおくっているように見受けた。実に健康的で、雑音に惑わされずに思索するには理想的な環境だ。

ロシアは、「格子無き牢獄《ろうごく》」と呼ばれる広大なシベリアの大地を擁していた故に、死刑を習慣化せずに済んだのかも知れない。四方を海に囲まれた日本に、島流しの伝統があったように。

もっとも、ロシアのこの素晴らしい伝統は、レーニンとその後を継いだスターリンによって台無しにされてしまった。自分が処刑されずに流刑だったおかげで革命を成し遂げたレーニンは、皇帝一家全員を銃殺してしまう。その後、スターリンが、数百万の自国民を処刑したのは、ご存じの通り。

サッカー好きの元首

スペインに長期滞在している友人が、たまたま公園で出会ったアメリカ人観光客の青年とおしゃべりすることがあった。そのとき、つくづく日本は、アメリカと同じ文化圏にあるのだなあと感じ入ってしまったと言う。とにかく、久しぶりに野球の話で盛り上がって、涙が出るほどなつかしく心が弾んだのだそうだ。

たしかにアメリカは野球発祥の地であるし、日本においては、野球は国技の相撲をしのぐほどの国民的人気を博している。ところが、キューバ、それに若干の東南アジア諸国をのぞくと、ほとんどの国では、野球とはいかなるスポーツかを理解していないどころか、そんな名前のスポーツがあることさえ知らない。そして、圧倒的多数の国々で、人々の心を熱く燃えさせるスポーツといえば、サッカーなのだ。テレビ中継ナンバー・ワンのスポーツは、もちろんサッカーだし、人気選手は国民的英雄に祭り上げられる。九四年のW杯で四強入りを果たしたブルガリアチームの立役者、大会得点王に輝いたストイチコフを大統領に、という声が当時国民のあいだで盛り上がったというほどだからスゴイ。

当然、国を代表する王様も大統領も首相も人の子、サッカー好きをもって自任する人々が多い。そして、愚見では、このサッカー好きの元首たちには、三通りある。

第一のタイプは、サッカー観戦が三度の飯よりも大切なタイプ。中南米諸国の元首によくあるタイプで、サッカー関係のビッグイベントには公務をなげうってでも駆けつける。昨年一二月、某国大統領が訪日したが、お目当ては同時期に東京で開催されたトヨタ杯ではないかと噂されている。実際、御一行はタップリ観戦された模様。また昨年五月、橋本首相と会談中の英国ブレア首相が、その日、自分の贔屓《ひいき》チームがイングランド杯決勝戦に臨むため、心ここにあらずというほど落ち着きがなかったとマスコミは伝えている。背景には、それを許してしまう、あるいは、むしろ微笑ましくさえ思う国民性があるのは、言うまでもない。

第二のタイプは、あやかり派。国民的人気に便乗して自分の支持者を増やそうというもの。これが最高にうまくいったのが、先のフランスW杯でスタジアムまで応援に行ったシラク大統領とジョスパン首相の支持率が、ただそれだけの理由でいきなり七〇パーセント台に跳ね上がったという事実。また、逆効果だったのは、お隣ドイツのコール首相で、南仏にドイツチームを激励に行ったまではいいが、

「首相が応援した大会は負けるというジンクスがあるから、やめて欲しい」

と記者やファンの顰蹙《ひんしゅく》を買い、実際ドイツチームの成績は前評判倒れだったたし、コール

首相も同年秋の選挙で敗退し、一六年間続いた長期政権を社会民主党に明け渡すことになった。

そして、第三のタイプ。これこそが、真のサッカー好きではないかと思うのだが、名付けて草サッカー派。自分でも、時間を見つけては、サッカーを楽しんでしまう元首たちである。

エリツィン大統領は、このタイプ。元バレーボール選手で、大のテニス好きは有名だが、サッカーもたしなむことは、案外知られていない。

ある日、補佐官が痛そうに片足を引きずりながら歩いている。

「どうしたの」

「いやあ、きのうサッカーの試合で、ルシコフに足をしこたま蹴《け》られてね」

「エッ、ルシコフって、もしかして、モスクワ市長の？」

「うん、昨日は、モスクワ市庁舎チームとうちの大統領府チームの試合だったんだ」

「もしかして、ボスも？」

「うんうん、一番張り切っちゃってさ。キャプテンやってんのよ」

エリツィン大統領の病状は思わしくなく、二度とフィールドに立つことはないだろう今、思い起こすと感慨深いものがある。

ところで、ルシコフ氏は、現在、有力な次期大統領候補である。

花も実も

ドイツ・初期ロマン派の代表的詩人ノヴァーリスに『ハインリッヒ・フォン・オフターディンゲン』という未完の長編小説がある。『青い花』という通称タイトルの方が有名になった作品で、テーマは、詩精神の礼賛。つまり、現実や実際の生活が、いかに夢や幻想に導かれているかを物語ることである。

その目的で、作者ノヴァーリスは、主人公オフターディンゲンの夢の中に美しい青い花を登場させる。主人公は、この夢に見た青い花を探し求めるのだが、突き止めることは出来ない。しかし、青い花を追い求めるプロセスで、主人公の詩的才能が花開いていく。どうやら、青い花は、詩人の見果てぬ夢や理想美を象徴しているらしい。

夢や絵空事を花になぞらえる習慣は、周知の通り、日本にもある。

その代表格は、「花より団子」だろう。風流よりは実利を、見栄えよりは実質を尊べと説く慣用句だ。

「花の下より鼻の下」という言い方も有名だ。花の下でその美しさをめでるよりも、鼻の下、つまり口を糊《のり》する方を優先せよという考え方である。

試みに手元の諺《ことわざ》辞典をいくつか引いてみて、この実利優先を説く戒めが多いのに驚いた。英語にも、

「Bread is better than the song of birds（鳥の歌よりパン）」

をはじめとする実質主義礼賛の諺がやたらに多いが、ロシアも負けてはいない。その一部を紹介しよう。

「ウグイスをおとぎ話で養うわけにはいかないよ」

夢物語では食ってけないってことである。

「空を舞う鶴より掌中のしじゅうから」

夢絵空事にうつつを抜かすよりも、地に足をつけて、今出来ることを重視せよという意味だ。

「美男美女に生まれるより、幸福者に生まれなさい」

たしかに、美貌《びぼう》と幸福は共存しにくいところがある。

「家の魅力は、建物の華やかさや美しさではなく、パイの美味《おい》しさで決まる」

目も眩《くら》むような立派なレストランで、まずいご馳走《ちそう》食べるよりも、ワサワサと小汚い店なのに、出る料理どれもほっぺた落ちるうまさの方に、わたしも軍配をあげる。（これに関連して最近発見したことなのだが、料理好きの人って、掃除が苦手というタイプが多い

のではないだろうか。逆に、チリ一つなく見事に掃除が行き届いたお宅ほど、出される料理はイマイチだったりする確率が、高い気がしてならない）

ところで、これだけどこの国にも夢絵空事よりも実利に、美よりも美味に軍配をあげる戒めが多いということは、逆に、人間がいかに実利を忘れて夢絵空事に走りやすい生き物かを物語っているのではないだろうか。

たとえば、通訳者を紹介して欲しいという顧客が、次のような条件を口にすることがしばしばある。

「なるべく若くて美人の人を」

しかし、こんなとき、

「若くて美人だけど、通訳としての腕はあまり高くない人と、さほど若くも美人でもないけれど、達人の通訳者とどちらがよろしいですか？」

と尋ね返すと、必ずと言っていいほど、前者を諦めて後者を所望する。理想は「花も団子も」なのだろう。が、最終的には「団子」に落ち着くのだ。そうなると、先に引いたことわざ群は、そうあれと説く戒めではなく、そもそも人間の本質が実益追求型なのだという悟りに思えてくる。

冒頭に紹介した青い花のイメージも、面白いことに、実はノヴァーリスの発明ではなくて、グリムが集めたおとぎ話の中にすでに登場する。牧童がたまたま見つけた青い花を自分の衣服に飾り付けたおかげで、財宝を発見するという物語だ。そして、ノヴァーリスの小説だって、青い花を追い求めた結果詩的才能という実を手に入れる物語なのだ。

親戚か友人か隣人か

ソ連邦がまだ超大国として、アメリカ合衆国と覇を競い合い、東独、ポーランド、チェコスロバキア連邦、ユーゴスラビア連邦、ハンガリー、ブルガリア、ルーマニアなどの東ヨーロッパの社会主義諸国を傘下に従えていた頃のこと。これら社会主義諸国は、お互いを兄弟諸国と呼び合っていた。お察しの通り、ソ連邦が兄に、その他の国々は弟にたとえられていたのである。

その頃、チェコで流行《はや》った小咄《こばなし》にこんなのがあった。

「友人は選べるが、兄弟は選べない」

もちろん、暗に、ソ連邦との関係が逃れようもないしがらみであることを呪っていたのである。

そのチェコスロバキア連邦は、一九八九年のビロード革命を経て、ソ連邦の支配から脱し、社会主義路線を捨てて市場経済化への道に踏み切った。それは、民族的にも言語的にも極めて近いチェコとスロバキアという、まさに兄弟とも言うべき二つの国の経済格差の矛盾、そこから来る不満やマイナスの民族感情を強め、一九九三年にはお互いが分離独立してしまうという皮肉な帰結に導いた。

ユーゴスラビア連邦においては、連邦加盟諸国の分離独立への動きが民族浄化という名の凄惨《せいさん》な戦争にまで発展してしまったのだから、「近親憎悪」の見本のようなそれに比べれば、チェコスロバキア連邦の崩壊は、実に穏やかで冷静なものであった。「円満離婚」などと言われたものだ。かつての小咄を思い出して、

「兄弟は、選べないものではなかったのですか？」

と知人のチェコ人をからかうと、

「ええ、ええ、でも縁を切るという手があったのですねえ」

とむこうも冗談で答えた。

周囲を海水という天然の国境線にぐるりと縁取られた日本人には、地続きの隣国どうしが国境線をめぐってせめぎあう緊張や切実さに、頭では理解できても、感覚としてはなかなかついていけないところがある。だからきっと、中国との尖閣《せんかく》諸島、韓国との竹島、ロシアとの北方四島など領土をめぐる交渉も、そういう駆け引きには百戦錬磨の相手国には、到底かなわないのであろうなあという気がしてならない。

海水に隔てられているとはいえ、隣国とは好ましい関係を築いておくに越したことはない。そのためにこそ、おそらくさまざまな会議が持たれ、わたしのような通訳者が動員さ

れるわけである。

つい先日も、日本、ロシア、中国、韓国、北朝鮮の代表が参加する環日本海シンポジウムの通訳を仰せつかった。そして、こういう隣国同士の会合では、必ず発せられる決まり文句が、やはり三回ほども出てきて笑ってしまった。

「遠き親戚《しんせき》は近くの隣人に如《し》かず」

遠い親戚より隣人の方が、いざとなったらはるかに頼りになるものだから、常日頃仲良くしておいた方がいい、という戒めであるから、これほど善隣外交を推しすすめるのにピッタリな格言はないのだ。

ところが、実は、人間でも隣近所とうまくやっていくのは大変なように、世界史を振り返ってみると、隣国どうしも、利害が直接絡み合う場面が多いため、良好な関係を保つのは、至難の業なのである。日本が開国して以来のここ一四〇年あまりの、近隣諸国との関係を振り返ってみてもそうだ。文字通り平和な善隣同士である時期の方が希《まれ》である。

一方で、一三世紀、コーカサス地帯に進軍した蒙古《もうこ》軍の末裔《まつえい》カルムイク人は、遥《はる》かなる遠い親戚モンゴルに熱い憧憬《しょうけい》を寄せ、一八世紀にロシアに植民したドイツ人の子孫は、経済が悪化の一途をたどる旧ソ連を捨て、続々とドイツに移住している。こういう現象を見ると、むしろ、現実は、

「近くの隣人は遠き親戚に如かず」

なのではないかと思えてくる。

いみじくも、ロシア人がよく言うように、「隣人は引っ越すけれど、隣国は引っ越さない。お互い隣国は選べない」のである。

季節を運ぶツバメ

春先に孵《かえ》ったらしいツバメたちがついに親離れをはたしたのか、梅雨明けの空を颯爽《さっそう》と飛び交う。一人前になった喜びを噛《か》みしめているかのようだ。

その切れのいい飛行に見とれているうちに、中学の英語の時間に習った、

「一羽のツバメが夏をもたらすわけではない One swallow does not make a summer」

という諺を思い出してしまった。

ほとんど同じ諺が、ロシア語にもあって、こちらは、

「一羽のツバメが春をもたらすわけではない」

となっている。これは、ロシアの平均的緯度の高さを物語ると言うよりも、ツバメが南方から渡ってくる春に注目したか、巣立ったツバメたちがいやでも目に付く夏に注目したかの違いからくるものと思われる。ちなみにフランス語バージョンも「春」である。

いずれにせよ、英語でも、ロシア語でも、フランス語でも、

「ツバメを一羽見かけたからといって、もう夏（春）だなんて早とちりするものではな

い」

　という戒めを担っている。

　しかし、この諺をヨーロッパ諸国に広める元になったイソップの教訓話に立ち返ると、どうやら、英語の夏バージョンよりは、ロシア語やフランス語の春バージョンの方が正しいのではと思えてくる。

　怠け者のくせに浪費癖のあるドラ息子が大金持ちだった父親から譲り受けた厖大《ぼうだい》な遺産をまたたくまに食いつぶしてしまい、最後に一着の外套《がいとう》だけを残すことになった。毎日の食事にも事欠く零落ぶりである。それで、ある日、一羽のツバメを見かけるや、ドラ息子は、

「ツバメが戻ってきたからには、春がやって来たに違いない」

　と思い込んで、外套を売り払ってしまうのだ。ところが、まもなく寒気がぶり返して来て、ツバメは凍え死んでしまう。寒さに震えながら、浪費家のドラ息子は、

「よくも、オレを騙《だま》してくれたな！」

　とツバメを呪うことしきりだった。

　この逸話、ああ、そういえば、と思い出された方も多いことだろう。

　もっとも、このイソップの教訓話が諺の元になったのではなく、イソップ自身が、当時すでにあった諺をヒントにこの物語を創作したのではないか、という説がもっぱら有力で

ある。というのは、イソップの同時代の劇作家クラチヌスの喜劇にも、古い諺として紹介されているということだ。その後も、アリストテレスはじめ多くの哲人や雄弁家が、この諺を好んで引用したらしいが、ヨーロッパ文明圏で広まっていった最大の功績は、やはりイソップにあるのだろう。哲学書や古典劇の台本は読まなくてもイソップの説話には誰もが子供のときに触れる。

いや、むしろツバメの貢献の方が大きいのかもしれない。独特の姿形と飛び方で季節の変わり目を告げるツバメは、どの国でも人目につくし、たちまちポピュラーな鳥となったのだろう。だからこそ、諺も人口に膾炙した。もしかして、英語の夏バージョンの諺は、イソップの教訓話を経由しないものなのかもしれない。

ところで、スターリン時代の終焉《しゅうえん》、そしてソビエト社会と文学にとっての新しい季節の到来を告げるまさにツバメのような役割を果たした中編小説『雪解け』（一九五四年）の作者エレンブルグは、この有名な諺について次のように異論を差し挟んでいる。

「わたしは、これをさほど賢明な諺だとは思わないのだ。たしかに、たった一羽のツバメが春をもたらすものではない。しかし、ツバメが飛来してくるのは、春という時期なのであって、決して秋にやって来るわけではない。それに、一羽のツバメが姿を見せると、それに続いて次々に他のツバメたちが飛んで来るはずなのだ。そもそも、ツバメが春をもたらすのではなくて、春がツバメをもたらすのだ」

衣替え

ついこのあいだ銀座に出かけた。暦の上では、もう九月とはいうものの、歩いているだけで汗ばむ陽気。当然のことながら、わたしも含め、街行く人々のファッションはまだ夏仕様である。しかし、ショーウインドーの中では、すでに秋も半ばを過ぎている。

春夏秋冬、四季の移ろいが鮮やかなこの国に住んでいると、食べ物や景色の変化を楽しめる分、年に四回は、いや少なくとも二回は、衣替えをしなくてはならない。とりわけ広い住宅面積に恵まれている人々は別にして、衣替えは季節の変わり目に避けては通れぬ営みだ。

これからの季節に合った衣服を出し入れし易い場所に配備し、その分、季節はずれの衣服は、タンスの奥に仕舞い込む。引っぱり出してきたものを虫干ししたり、これから仕舞い込むものを洗濯したり、除虫剤を入れたり、ついでに綻《ほころ》びを繕ったりするので、衣裳持《いしょう》ちとはほど遠いわたしなどでも、半日は潰《つぶ》れる覚悟で取り組まなくてはならない。

その点、同居する犬や猫たちは、シンプルでよろしい。

といっても、彼らとて、決して着たきり雀というわけではない。冬から春にかけては、体毛が凄《すさ》まじい勢いで抜け落ちていく。庭の地面は二匹の犬の抜け毛に覆われ、風が吹くと、抜け毛は、まるでタンポポのパラシュート状痩果《そうか》のように空中を舞う。

家の中は中で、どこもかしこも五匹の猫の抜け毛だらけになる。おそらく日に二回掃除機をかけても間に合わないだろう。ギリシャ神話のシジフォスの話を思い出してしまうくらいだ。巨大な岩石を頂上に運びあげるや、岩石が落下して、また運びあげなくてはならなくなる。それが無限に続くという絶望的な話。

わたしは、幸か不幸か掃除好きではないので、日に何度も掃除をして、掃除の無意味を悟らされるという経験はせずに、抜け毛と埃《ほこり》がない交ぜになって層なしていくのを放ったらかしにしている。そして時々、この抜け毛を集め蓄えたら、春ごとに上等なクッションが五個は出来るだろうとか、つむいで糸にしてセーターでも編もうとか、いやカーペットを編もうとか空想している。

さて、秋口になると、犬も猫も新しい体毛に覆われてふっくらとして来る。

「エッ、これがうちの子!?」

飼い主のわたしも見まごうほどつやつやと美しい。

こういう単純明快な「衣替え」は、獣たちだけのことかと思ったら、ロシアの諺に、

「衣服が肩から崩れ落ちてペチカにくべられる時期が来た」

というのがあるではないか。昔々、圧倒的多数の人々が貧しく、貧しいことがごく普通で意識されないほど当たり前だった頃、人々は衣服を文字通りボロボロになるまで着続けたらしい。衣服の体を成さなくなるまで着古して、最後は暖房用の燃料にしてしまう。思えば、なかなか合理的ではないか、と感心していたら、

「僕なんか、以前から似たようなことしてますよ」

決して貧しいとは言えない、というよりも、かなり高給取りのわが友人Kが自慢を始めた。

「僕、単身赴任が長かったじゃないですか。今も出張が多いし」

Kは商社マンで、たしかドイツで長期間駐在員をしていた。

「だけど、洗濯が苦手でしょう。背広はクリーニングに出せばいいけれど、問題は下着です。とくにパンツですね。洗濯しないで済ませる方法、考えたんですよ」

「というと？」

「我慢できなくなるほど汚れるまで着たら、今度は裏返して、とことん汚くなるまで着ました。それから……」

「燃やしたんですか？」

「いや、穴掘って埋めてました」

「………」

ヤギとヒツジ

わたしの母は戦時（もちろん湾岸戦争ではなく第二次世界大戦）中に師範学校を卒業し、某県立女学校に理科教師となって赴任した。敗戦濃厚な時期のこと、日を追う毎に授業をまともに遂行することは許されなくなり、女学生たちは毎日のように工場労働に動員されるようになった。女学生たちを引率して工場に赴き、ともに働くことも教師の仕事とされていた。

ある朝、工場へ向かう女学生たちの隊列の先頭を歩いていた母は、穏やかな田園風景に見取れてしまった。日々の食べ物にも事欠くようになり、「本土決戦」などという言葉まで叫ばれるようになってきているけれど、山野だけは物騒な人間社会とは無縁のように平和である。思わず、声が弾んだ。

「ああ、なんてのどかなんだろう。見て、ヒツジが草を食《は》んでいるわ！」

すかさず背後から女学生たちのヒソヒソ声が聞こえてきた。

「いま先生、ヤギのことヒツジって言ったみたいだべ」

ヒソヒソ声が瞬く間に隊列の最後尾まで走り抜けていくのも分かった。母は恥ずかしくて、その日は後ろを振り向けなくなってしまったと言う。

都会育ちの母は、その日生まれて初めて生きたヤギを目にしたようだ。

もっとも、それから随分時間が経ってからも、母はしばしば絵や写真の中のヤギをヒツジと呼び、ヒツジをヤギと呼んでいたから、単に最初に名称を間違えて記憶してしまっただけなのかも知れない。わたし自身も、基本的に都会生まれの都会育ちだが、ヤギを指さしてヒツジと言う母を何度もたしなめた覚えがある。

たしかに、ヒツジは「羊」、ヤギは「山羊」と書くほどだから、系統分類学的には近い動物なのだろう。ともに哺乳類《ほにゅう》で蹄《ひづめ》があり牛科に属す草食獣で色やサイズはほぼ同じ。しかし、明らかに両者の風貌《ふうぼう》は異なる。これを混同するなんて、わが母親ぐらいなのではないか、と思っていた。

ところが、ロシア語をやるようになってからというもの、ロシア語の小説や小咄に実にたびたび、「ヒツジをヤギと区別する」という表現が出てくることに気付いた。たとえば、『サーシャの森』という物語の次のくだり。

「祖父は、サーシャと森にキノコ採りに出かける度に言い聞かせるのだった。『いいかい、見かけは魅力的だが、これは毒キノコだ。こちらは、毒キノコによく似ているが、美味しい食用キノコだ。この傘の下の部分を見てごらん。毒キノコの方は中心から放射状にひだが広がっているが、こちらの方はスポンジ状だろう。これが目印なんだよ』そして、決まって言い添えた。『ヒツジとヤギを区別するように、食用キノコと毒キノコと区別できなくちゃいけないよ』

あるいはスターリン時代の収容所体験を綴った手記の中にも、同じ表現がある。「まるでヤギをヒツジから区別するように、有害分子とされた人々は次々に拘束され世間から隔離されていった」

何となく意味が分かるような、分からないような。それにしても、こんなに頻繁に出てくるとは、慣用句に違いない。慣用句辞典を引いてみて、ようやく出所が分かった。聖書だった。

マタイ伝二五章に、理想的な王が現れ、国民を集めて、「羊飼いが羊と山羊を分けるように、国民をより分け、羊を右に、山羊を左におくであろう」と預言されている。その上で、右に選《よ》り分けられた者たちに向かって王は、「祝福された人たちよ」と、左に選り分けられた者たちには、「呪われた者どもよ」と呼びかける。

どうやら、「ヤギをヒツジと区別する」という表現は、悪い有害なもの（ヤギ）を良い有益なものから区別するという意味の比喩である。なぜヤギ＝悪、ヒツジ＝善となるのかは不明だし、現代の感覚からすると、当然のように人を差別選別する思想にもついていけないが、一つだけ嬉《うれ》しい発見があった。

遊牧を主な生活の糧にしていたユダヤの民にも、ヤギとヒツジを混同する人がいたのだろうと思うと、なんだかちょっと安心したのだ。

雪占い

何もかも純白のカバーで覆ってしまう雪景色は、ロマンチックな感傷の対象にされやすいのだろう、歌や詩には、頻繁に登場する。最近では雪で恋を占うというのも流行っているらしい。

ところで、たしか八代亜紀さんの持ち歌に、雨が恋人を連れてきてくれるよう懇願する場面があったが、ロシアの歌謡曲には、

「自分に恋人を恵んでくれたのは、もしかしたら雪かもしれない」

と歌うくだりがある。

現実問題として、恋人は連れてきてくれないかもしれないが、雪は雨と同じく人々に幸福や不運をもたらす。

日本のお百姓さんが、米の出来が左右される梅雨時の雨量をとても気にするように、ロシアのお百姓さんは、自分の畑を覆う雪の厚みがあればあるほど満足である。真冬の雪の多さは、春先つまり種まき時の湿気の多さを意味するからだ。だからこそ、ロシアには、

「雪の量は穀物の量」

「畑に雪が多いと、倉に穀物が多くなる」

という諺が山ほどある。真冬の豊かな積雪は、秋の収穫の豊かさにつながる幸せのしるしなのだ。ついでに言うと、ロシアのお百姓さんは常々、

「冬は寒ければ寒い程良い」

と主張する。地中奥深くまで凍って、寄生虫が産み付けた卵をことごとく殺してくれるからだそうだ。

このように真冬に降る雪は大いに歓迎されているのだが、秋口の雪は、冬の足音を思い起こさせる脅迫者のようなものらしい。まだ冬の準備が整わない内に降る雪ということもあって、「白い蠅」と呼ばれて忌み嫌われている。

落葉どころか、まだ紅葉もしていない草木や、黒っぽい地肌を背景に降る秋口の雪は、蠅の大群を彷彿《ほうふつ》させるというのだ。だから、

「白い蠅がやって来るまでには収穫を済ませなくては」

というのは、お百姓さんたちの合言葉になっている。

真冬の雪は、「白い蠅」とは呼ばれないが、雪解けが始まった春先に雪が降ると、ロシア人は言う。

「ああ、また白い蠅が飛び交う」

一一月に降る雪は、気温はすでに氷点下だから当然、もう解けはしない。ロシア人にとって「正しい初雪」とは、この解けない雪が最初に降る場合をさす。

「橇《そり》の道ができるのは、初雪から六週間」

と諺にあるのは、この「正しい初雪」からという意味である。この間は、「橇も動かず、荷車も動かず」ということである。

橇を乗り回せるほどに雪が降り積もるまでの一月半は、狩りの季節である。

「雪が無くては、足跡もない」

と諺にあるように、雪は、動物たちの足跡を示してくれるからだ。

「穀物の種を買うなら、屋根に雪がタップリ積もった倉から買え」

という諺もある。発芽する種が熱を放出するため、倉庫の屋根を覆う雪を解かしてしまうらしい。だから避けろというわけだ。

雪占いにかけては、ロシアのお百姓さんに敵《かな》う者はなかなかいないだろう。もとはと言えば、星占いだって数ヵ月先の収穫を占うことから始まった。

おとぎ話のメッセージ

世界中のおとぎ話に、継母《ままはは》に虐《いじ》められる継子の物語がある。どんな風に虐めるのか。ペローの『シンデレラ』でも、マルシャークの『森は生きている』でも、意地悪な継母は主人公をこき使って働かせる一方で、自分の血を分けた娘たちには、炊事洗濯一切させず、まるでお姫様のように蝶よ花よと甘やかす。白雪姫も、結局実家の城にいられなくなって小人たちのもとで暮らすので、家事の一切を引き受けることになる。

人類は実に長きにわたって、肉体労働を全くしないことこそが、最高の幸せなのだというふうに考えてきた。というか、人類の研究や発明の足跡をたどると、重労働をいかに軽減するかに心砕いてきたことが分かる。そういう価値観が、おとぎ話には横溢《おういつ》している。

その証拠に働きづめのシンデレラは不幸のどん底にいる、本来働かなくてもいい身分の白雪姫が働いているのは異常な事態である、という設定である。物語の最後に王子に見初められてお姫さま（働かなくてもいい身分）になる、あるいはその身分を回復することがハッピーエンドということになっている。

この考え方は、今の日本でもまだ大勢を占めているのではないか。子どもに家業はおろか、家事など手伝わせるのは可哀想などと考える親が結構いる。ただただ遊び、勉強する、要するに自分のためだけに生きる条件を整えてあげることが親たる者の愛の証《あかし》と思い込んでいるのではないか。

ところが、おとぎ話には、別なメッセージも込められている。働かず、甘やかされた継母の実の娘たちは、わがままでバカで薄情で意地悪で傲慢《ごうまん》なのに対して、働き者のシンデレラも、白雪姫も、『森は生きている』の継娘も、優しくて賢くて皆に愛されている。だからこそ、社会的に成功もする。

これは偶然などではなくて、労働こそが人を真っ当にすることに、人類は古くから気付いていたのではないだろうか。

というわけで、賢明な母親だったら、伝統的な継子虐めの方法を逆転させることだろう。自分の産んだ娘たちの方をさんざん働かせ、尻《しり》をたたいて家事と学問を身につけさせる一方で、継子はお客様扱いで掃除洗濯何でもしてあげる。もちろん、欲しいものは何でも買ってあげる。そうやって、全く誰の役にも立たない、誰からも愛されず尊敬もされないおバカなエゴイストに育てるのだ。

ラーゲリにドキッ

乾杯を交わして一口飲んだビールのうまさに感激した、人気サイエンス・ライターのラジンスカヤは、一気にグラスを空にすると、ハンドバッグから眼鏡を取りだしてかけた。そして、ビール瓶を摑《つか》んでラベルをのぞき込むと、

「あらあーっ」

と素《す》っ頓狂《とんきょう》な声を張り上げたので、トレーを抱えて部屋に入って来ようとしたボーイさんは、敷居のところで立ち止まった。

一九七八年の秋。すでに末期症状を呈していたはずのブレジネフ書記長の容態がまだ巧妙に伏せられていた頃、しかしソ連国民の誰もがそれを知っていながら、断じて公言がはばかられた頃、要するに、ソ連邦という名の国家は絶対安泰で崩壊するなんて夢にも思わなかった頃のことである。

東京赤坂の中華料理屋でソ連作家同盟から派遣されてきた四人の作家たちと、円卓を囲んでいた。一同の注目を集めたラジンスカヤは、隣に座る詩人クグリチノフにビール瓶を

手渡した。

「ここのところ、見て、見て！」

クグリチノフの方は、かけていた眼鏡を額まで持ち上げて瓶のラベルに目を凝らし、ギョッとした表情になった。それから、ことさらさり気なく言った。

「ラーゲリのビールかぁ」

「おいおい、本当かよ」

もう一人の詩人、アブドラコフも身を乗り出して真剣な目つきで瓶のラベルをのぞき込む。

ともに少数民族出身のクグリチノフもアブドラコフも、一九四〇年代にラーゲリにぶち込まれて、一九五三年にスターリンが亡くなってからようやく釈放された経歴の持ち主だ。「ラーゲリ」という語には過敏に反応する。

ラベルには、たしかに、「LAGER　BEER」と英語で記してあった。「DRAFT＝生ビール」に対して貯蔵熟成ビールを指す形容詞。それを説明すると、一同ドッと弾《はじ》けた。文芸評論家のクズネツォフだけは、笑いの輪の外にいる。度の強い眼鏡の奥の瞳《ひとみ》が、どんな表情をしているのか、読めない人だ。招聘《しょうへい》した日本側の団体幹部はことあるごとに、

「あいつは、当局のお目付役に違いない」

と陰口をたたくが、あまりにもそれらしくて逆ににわかには信じがたい。クズネツォフ

の沈黙に気付いたのか、ラジンスカヤが、取り繕うように陽気に言った。

「もちろん、わたしがラーゲリと言ったのは、ピオニール・ラーゲリのことよ」

「当たり前だ、ピオニール・ラーゲリ以外に考えられるかい」

クグリチノフもアブドラコフも穏やかに微笑みながら口を揃えて追随する。わたしは吹き出しそうなのを必死に堪《こら》えて俯《うつむ》いていた。

「ピオニール・ラーゲリ」とは、夏、秋、冬、春の学校が休みの間、学童が預けられる臨海学校や林間学校のことだ。わたしが少女時代にプラハのソビエト学校に通っていた頃、休みを過ごした林間学校も、「ピオニール・ラーゲリ」と呼ばれていた。「ピオニール」というのは、ロシア革命の父、レーニンが創設した少年少女団体で、共産主義の精神で子供を育むことを目的にしていたが、基本的には、一〇歳になった子供は誰もが加入することになっていて、実際にやる活動は、ボーイスカウトやガールスカウトと変わりなかった。

「ラーゲリ」とは、一カ所に多数の人々が集まって寝食を共にする場所を表す語で、「キャンプ」とも「収容所」とも訳すことができる単語である。

愛国心のレッスン

このところ、W杯サッカーの観戦で寝不足続き。それでも、身体が何とかもっているのは、日本が参加する試合が中五日を挟んで行われたおかげだ。他の試合は、こちらも気楽に選手の技や監督の采配《さいはい》に感嘆し、応援団の熱狂に苦笑したりする心の余裕ってものがある。ところが、日本の試合となると、そうはいかない。熱が入りすぎて、いつのまにかテレビ画面に向かって叫んでいたりする。試合終了後も感情が高ぶって寝付けない。

いやはや不思議な感情である。ほとんど縁もゆかりもない選手たちに、ただただ同胞であるというだけの理由でこうも熱心に肩入れしてしまうのだから恐ろしい。わたしなぞまださささやかなほうだ。試合会場から立ち上るエネルギーたるや、すさまじいではないか。その上、世界中で延べ三七〇億もの人々がテレビ画面を前に興奮している模様。戦争にまで発展した例が過去にあるのも頷《うなず》けるような熱狂ぶりである。

ところで、仮に各チームが国を代表する形をとらなかったならこれほど人々を夢中にはさせなかったであろうし、FIFA（国際サッカー連盟）だって、放映権やスポンサー契約など巨万の利権を取り仕切る機関になり得なかったはずだ。選手も、国を背負うゆえに信じがたい力を発揮したり、逆に萎縮《いしゅく》してしまったりする。

わたし自身が、愛国主義の萌芽《ほうが》のような奇妙な感情をはじめて自覚したのは、在プラハ・ソビエト語学校に通っていた少女時代。同級生にリッツァという亡命ギリシャ人の娘がいた。両親は軍事独裁政権の弾圧を逃れて、東欧各地を転々としていた。リッツァはブカレスト生まれのプラハ育ちのくせに、まだ一度も仰ぎ見たこともないはずのギリシャの空のことを、

「それは抜けるように青いのよ」

と誇らしげに言って、遥か遠くを見据えるような眼つきをする。いつもどんよりと灰色の雲が垂れ込めたプラハの空の下で、帰ることのできない故国への郷愁を募らせるリッツァの両親の姿が重なって見えた。

そしてなぜか母国を離れて久しいわたし自身も、地理の教科書に「日本はモンスーン気候帯に所在」という記述を見つけて自然と顔がほころぶのを抑えきれなかった。海遠く年間降水量が日本の一〇分の一程度のチェコに較べて、高温多湿のわが国を心から誇りに思ってしまったのだ。空中の水分が多いので、呼吸器系も肌も髪も、しっとりと息づく感覚を思い起こして懐かしさに身震いした……今書き進みながらも思う。なんとたわいのない！

それでも、この時のナショナリズム体験は、わたしに、教えてくれた。異国、異文化、異邦人に接したとき、人は自己を自己たらしめ、他者と隔てている全てのものを確認しようと躍起になる。そして自分に連なる祖先、文化を育んだ自然条件その他諸々《もろもろ》のものに突然親近感を抱いてしまう。これは、食欲や性欲に並ぶような、一種の自己保全本能、自己肯定本能のようなものではないだろうか。

だから愛国主義、ナショナリズムほど、あだや疎かにできない代物はない。A・ビアスは、『悪魔の辞典』で、

「野心家なら点火したがる代物で、点火しやすくすぐ燃え上がるガラクタ」

と言い当てている。

ガラクタとは思わない。われわれ一人一人の心の奥底に、理屈では説明しきれないものの、まぎれもなく潜む火種だからだ。しかし、自然な感情だからこそ、声高に主張したり、煽《あお》ったりする人たちを、信用できない。性欲を煽るようないかさまで下劣な臭いがするからだ。

でも、コスモポリタニズムや普遍主義の名のもとに、それがあたかも存在しないかのような言動は、良くて偽善、悪くて欺瞞《ぎまん》。抑制されたナショナリズムが暴走する恐怖を二〇世紀は、イヤというほど経験したではないか。

これが、いとも簡単に燃え上がる危険を秘めたものであることだけは、ビアスの言うと

おりなのだ。四方を海に囲まれ、異国と隔てられた日本人は、己の内にあるこの火種に無《む》頓着《とんちゃく》。うぶすぎる。W杯チケットのダフ屋にとっては理想的なカモネギだった。もっとも、愛国心の初級レッスン代とすれば、安かったかもしれない。

〝近親憎悪〟と無力感と

八月後半の一七日間かけてチェコ、ハンガリー、新ユーゴスラビアを旅した。

プラハ本駅の売店で久しぶりに赤裸々な人種差別に遭う。中年の売り子が私を完全に無視して後から来た白人たちには目一杯愛想よい。側にいたアメリカ人も異常を察して抗議してくれたほどだ。プラハで過ごした少女期の五年間幾度こういう目に遭ったことか。

学生貧乏旅行のバイブル『地球の歩き方』のポーランド、チェコ、ハンガリー各編をめくると、そんな不快で悲しい思いをさせられた若者たちの手記が目を射る。宿を断られたり、乗り込んだバスから降ろされたり。一流ホテルに宿泊し観光名所だけ廻《まわ》っていれば名誉白人扱いされるので気付きにくいが、その枠を超えて踏み込もうとした時に必ず突き当たる壁だ。東洋人に対する冷酷な仕打ちは西欧のどの国よりも露骨な気がする。

ところで日本では無頓着に「東欧」と呼ぶが、どの国もこう括《くく》られるのをひどく嫌う。「中欧」と訂正する。ウラル以西を欧州とするなら純地理的には、当地域はそのへそに当たるが、地理的正確さを期して「東」を嫌がるわけではない。「東」とは第一次大戦まではオーストリアまたはトルコの支配収奪下に、第二次大戦後はソ連邦傘下に編入されていたために、より西のキリスト教諸国の「発展」から取り残され、さらには冷戦で負けた側を表す記号だ。後発の貧しい敗者というイメージが付きまとう。「西」に対する一方的憧《あこが》れと劣等感の裏返しとしての自分より「東」、さらには自己の中の「東性」に対する蔑視《べっし》と嫌悪感。これは明治以降脱亜入欧をめざした日本人のメンタリティーにも通じる。

この中欧カトリック諸国の「東」に対する嫌悪感が最も顕著に表れるのが、同じキリスト教ながら一一世紀以降袂《たもと》を分かち長くイスラム圏にあった東方正教にたいする近親憎悪。親しいチェコの劇作家Mは「あの進歩を拒むような宿命論は虫酸《むしず》が走るほど不快」と吐き捨てる。正教を文化的背骨とするロシアに国土を蹂躙《じゅうりん》されていたことでこの情調は増幅するのか、ミラン・クンデラはじめ中欧を代表する知識人たちの創作姿勢にことあるごとに顔を出す。

プラハ、ブダペストを経て新ユーゴスラビアのベオグラードに到着するや、そういう鬱《うっ》屈《くつ》が晴れる。「ここはもうヨーロッパではなくバルカンです」と誇らしげに言う人々に清々《すがすが》しさを感じてしまうのだ。クロアチア人とボスニア・ムスリムの混血でセルビアで働き暮らす友人にそれを言うと、我が意を得たりという顔をして「でもスロベニアやクロアチアはポーランドやチェコもマッツァオなくらい重度の西欧病患者なんだよ」と溜息《ためいき》をついた。

たしかにユーゴ多民族戦争の端緒となった九一年六月のスロベニアとクロアチアの独立宣言の性急で強引なやり方にはそら恐ろしいほど激しい「脱東入西」欲を感じる。両国がバルカン半島分割時代ハプスブルクのカトリック文明圏に組み込まれたのに対して、セルビア、マケドニア等はビザンツ帝国の正教文明を引きずったままオスマン・トルコのイスラム文明圏内で生きてきた。しかも旧ユーゴでは経済先進地域とカトリック圏、後進地域と正教圏がほぼ完全にオーバーラップする形で「南北格差」が極端に拡大していった。

この矛盾を背に容貌《ようぼう》上の特徴も言語も双子のように相似形の、カトリックのクロアチア人勢力と正教のセルビア人勢力の対立を主軸にして、それにボスニア・ムスリムが巻き込まれた形で今回の戦争は展開した。「強制収容所」や「集団レイプ」など各勢力とも競って残虐非道ぶりを発揮した。

だがセルビア人勢力のそれだけが衝撃的ニュースとなって世界を駆けめぐり強固な「セルビア悪玉論」を形成したのは周知の通り。NATOの三千数百回以上の空爆の対象とされたのもひとりセルビア人勢力のみであり、EUと国連の制裁にはセルビア人勢力の後盾として新ユーゴ連邦まで対象とされた。

この一方的な情報操作のプロセスは今後早急に検証されるべきだが、現時点で気になるのは、ユーゴ戦争の両主役の支援諸国の宗教的色分けの露骨なほどの明快さだ。EUでセルビア制裁に反対したのが正教を国教とするギリシャだけであることひとつを見てもそうだ。そして現代世界の宗教地図を一目すれば国際世論形勢は圧倒的にカトリックに有利なことが瞭然《りょうぜん》とする。

ボスニア和平成立前の昨年一〇月にベオグラードを訪れたとき、経済制裁下の不便と孤立感の中で人々の顔は緊張を湛《たた》え、懸命に普通の生活をおくろうとする姿が健気だった。いま彼らの顔は緊張を解き、しかし希望に燃えてはいない。国連の制裁は停止されたものの完全解除にはなっておらず、落ち込んだ経済を立て直そうにもIMF、世銀の融資がストップしている現状でアクセスしてくる国は少ない。クロアチアやボスニアから閉め出された難民の流入は苦しい財政事情をさらに苦しくし、高い失業率をさらに高める。

無力感と不公平感、国際社会に対する不信と絶望が本来陽気な彼らの心を真っ黒に塗り固めないうちに何とかしなくては、という焦りを覚えながら帰国した。

プーシキン美術館を創った人々

美術館の起工式がニコライ二世皇帝一家全員の列席のもと催されたのは、一八九八年八月一七日のこと。そしてその一四年後、第一次大戦勃発《ぼっぱつ》直前の一九一二年五月三一日、対ナポレオン戦勝一〇〇周年を記念して美術館の開館式が盛大に執り行われ、対仏戦を勝利に導いたアレキサンドル三世の名を冠した美術館となる。きらびやかな社交界の夫人たちの視線を浴びて居心地悪そうにひな壇に座っているのが、アレキサンドル三世美術館の創始者にして初代館長のイワン・ツヴェターエフ、モスクワ大学教授。娘のマリーナ・ツヴェターエヴァは、その後、二〇世紀ロシアを代表する女流詩人となるのだが、

「美術館は私にとって血を分けた弟みたいなもの」

と述べて、父親が美術館を創り育てるために傾けた情熱とエネルギーの凄まじさを伝えている。

教授は当初、多くのヨーロッパの大学に付属する石膏《せっこう》製彫像のレプリカ展示館の設立を予定していた。海外に行く金銭的余裕のない学生たちにも古代から現代にいたる世界の優

れた美術品に親しむ機会を与えておきたいと考えたのだ。一八九〇年代末頃から教授は頻繁にギリシャ、エジプト、ローマなどを訪れ、彫像や神殿、寺院のレプリカ造りに勤《いそ》しんだ。

そんな教授が常に苦しめられたのは資金不足。私財のほとんどを投じたが、大海の一滴にすぎなかった。国からの支援はほとんど望めず、モスクワやペテルブルクの慈善家たちの寄付に頼るしかなかった。おそらく、大手ガラス工場のオーナー、ネチャエフ・マリツエフがツヴェターエフの偉業に共鳴して巨額の支援を寄せなければ、美術館は設立に漕《こ》ぎ着けなかっただろう。ネチャエフ・マリツェフの入れ込みようは半端ではなく、正面玄関の列柱用大理石を採掘すべく探検隊をシベリアに派遣している。

美術館建物の設計コンクールにはロシア各地から一九名の建築家が参加し、優勝したE・I・クレインの作品が採用され、彼は建設の指揮をとるのだが、最初の数年間は報酬を受け取らなかった。それでいながら一切手抜きをしない。正面玄関には、古代エレクテイオンの列柱を正確に模写したイオニア式の柱を配したが、そのためだけにクレインはギリシャを訪ねた。それどころではない。建物内の各ホールは各時代の歴史的様式をコピーすることになっていたため、クレインはほぼ全ヨーロッパを廻った。建物が完成するのは、一九〇四年のこと。

建築家のシェフテルは、ベルリンに発注して二世紀ベルガモンの祭壇のレプリカを創らせ美術館に寄付した。外交官でコレクターのM・S・シェキンは、一四—一六世紀イタリアのマエストロたちの作品を大量に寄贈した。また、一九〇九年には、エジプト学者ゴレンニシェフが、貴重な本物の古代エジプト・コレクションを丸ごと寄付した。とにかく関与する誰もが途轍《とてつ》もなく凝り性で私利私欲に囚《とら》われずに絵空事に夢中になるタイプなのだ。国もようやく重い腰を上げ潤沢な資金を提供するようになる。

ところで、美術館から歩いて一〇分ほどのところに旧トルベツキイ公爵邸がある。一八八二年、セルゲイ・シチューキンがこの邸を購入する。豪商一族の一員で西欧美術のコレクターとしてすでに有名だった。ロシアにフランス印象派を初めて知らしめた人だが、ヨーロッパでもロシアでも、ほとんどの人が印象派を理解できなかった当時にしてみれば、これは大変な勇気を意味した。一八九一年にフランス印象派の展覧会がモスクワ市内で開かれたが、全く評価されず大失敗に終わっている。

シチューキンは、前衛の芸術家たちの最良の理解者、発見者だった。何しろ、「絵を見て精神的ショックを受けたら、迷うことなく買う」という原則で絵を入手していく。こうして彼は、ポール・セザンヌの「花瓶の花」を皮切りに、「ライラック」、「夕べ」、「草上の朝食」などクロード・モネの一三作品を購入。まもなくコレクションには、ドガ、ピサロ、ルノワールの作品が加わり、はるか太平洋の彼方の島で貧困のうちに亡くなったゴーガンの名声が高まる前にその絵を買っていた。

シチューキンがとくに夢中になったのは、アンリ・マチス。一九〇九年、マチスはモスクワのシチューキン邸の正面階段室に飾る二つの作品の注文を受ける。シチューキン・コレクションのシンボルともなった、巨大サイズの「ダンス」と「音楽」だ。

最後にシチューキンが入れあげたのは、パブロ・ピカソで、当初は数少ないピカソ作品の買い手だった。そのうち、モスクワのシチューキン邸は、「マチスとピカソの小美術館」と呼ばれるまでになる。

一九〇七年一月、亡くなった愛妻を記念するために、シチューキンは膨大なコレクションをモスクワ市に寄贈する決意をし、条件として「コレクションはバラバラにではなく、必ずまとめて展示すること」と遺言した。

一九〇九年以降、シチューキンは邸《やしき》を見学希望者に開放し、日曜日には自ら玄関先で訪問者たちを出迎え、ガイド役を買って出た。

一九一八年、革命政府は邸を没収国有化し現代西欧美術館とした。シチューキンには管理人兼ガイドの職を提案し、家族と共に門番小屋に住むことを許した。同年、シチューキンは家族と共に亡命し、その後フランスで亡くなる。亡命後二〇年ほど経った頃、法律家たちが、コレクションをソビエト政府から取り戻すよう盛んに勧めたが、シチューキンは決して話に乗らなかった。コレクションは母国ロシアにあって欲しい、そう心から願っていたようだ。

革命後、アレキサンドル三世美術館にはシチューキン・コレクションだけでなく、モロゾフ・コレクションなど多くの個人コレクションが没収、国有化されて集められた。さらには、ルミャンツェフ、トレチャコフ、エルミタージュ各美術館から部分的に移されたものもある。

そして、一九三七年、皮肉にもスターリンの大粛清が本格化した年に、詩人プーシキンが決闘で落命した一〇〇周年を記念して、プーシキン美術館と改名されたのである。

Ⅱ　花より団子か、団子より花か

花より団子か、団子より花か

黄色い薔薇《ばら》の花束を差し出すと、ガリーナさんは、溜息《ためいき》とも感嘆とも取れる声を漏らし、空色の瞳《ひとみ》を薔薇の花びらに注いだまま立ちすくんだ。上背のあるスラリとした銀髪の婦人。ハッとするような優雅さに、若い頃はさぞやと想像して胸に痛みが走った。スターリンによる粛清が最高潮に達した一九三七年、彼女はまさに花の盛りの二〇歳の時に、スパイ容疑で逮捕銃殺された男の妻であるという。ただそれだけの理由で、ラーゲリ（強制収容所）に五年間も閉じこめられている。夫の容疑が事実無根だったと国が認めたのは銃殺後三〇年も経ってから。

「あら、ごめんなさい」

我に返って消え入りそうな声で言い訳をした。

「花にはからきし弱くて……」

ラーゲリには花が全く無かった。だから釈放されて居住が許された町にたどり着き、駅前広場で花を目にした瞬間、その場を動けなくなって日が暮れるまで見とれていたという。

町に到着後八時間以内に管轄の警察署に出頭して届け出なくてはならない身分だったというのに。

昨年一〇月に上梓《じょうし》した小説『オリガ・モリソヴナの反語法』を書くため女囚専用ラーゲリに関する資料に目を通しているうちに、私は女囚たちの手記に心奪われ、段ボール二箱分は読破した。直接会って確認したい点があったことも確かだが、とにかく彼女たちが愛《いと》おしくて何としても傍に行きたくなった。しかし、多くの元女囚たちはすでに鬼籍に入るか病床にある。ガリーナさんは、数少ない面会可能な生き残りだった。

「へえ、団子（ピロシキ）より花なんですねえ」思わず感嘆して、あわてて「花より団子」という日本の諺《ことわざ》の説明をした。「ちょうど『ウグイスを寓話《ぐうわ》では養えない』というロシア語の諺に相当するんですよ」

すると、ガリーナさんは、空色の瞳を細めて控えめに微笑んだ。

「それがね、寓話無しには生きていけないんですのよ」心なしか声が弾んでいる。「本当よ、寓話のおかげで生き延びたんですよ、私たち」

ラーゲリ生活で最も辛《つら》かったのは、一日一二時間の過酷な重労働でも、冬季の耐え難い寒さでも、蚤《のみ》シラミの大群に悩まされ続けた不潔不衛生でも、来る日も来る日もひからびた黒パン一枚と水っぽいスープという貧弱な食事のために四六時中ひもじかったことでもない、というのだ。

「それは恐ろしく辛かったけれど、そんな中でも人間には何とか生きよう、生き延びようとする力が湧き出てくるものなんです」

力の湧き出る根元を絶ち、辛くも残った気力を無惨にそぎ落として行ったのは、ラジオ、新聞はおろか肉親との文通にいたるまで外部からの情報を完全に遮断されていたこと、そして何よりも本と筆記用具の所持を禁じられていたことだった。

「それが一番辛かった」とガリーナさんは言う。「家畜みたいだった」と。彼女は逮捕された当時、鉄道大学の学生、技師の卵だった。人文系の人ではない。

そういう状態に置かれ続けた女たちが、ある晩、卓抜なる解決法を見いだす。日中の労働で疲労困憊《こんぱい》した肉体を固い寝台に横たえる真っ暗なバラックの中で、俳優だった女囚が『オセロ』の舞台を独りで全役をこなしながら再現するのである。一人として寝入る女はいなかった。

それからは毎晩、それぞれが記憶の中にあった本を声に出してああだこうだと補い合いながら楽しむようになる。かつて読んだ小説やエッセイや詩を次々に「読破」していく。そのようにしてトルストイの『戦争と平和』やメルヴィルの『白鯨』のような大長編までをもほとんど字句通りに再現し得たと言う。

「あんな悲惨な境遇にいた私たちが、アンナ・カレーニナに同情して涙を流し、イリヤ・イリフとエウゲーニー・ペトロフの『十二の椅子』に抱腹絶倒していたなんて、信じられないでしょうね」

肩をすくめて、ガリーナさんは静かに笑う。

夜毎の朗読会は、ただでさえ少ない睡眠時間を大幅に侵食したはずなのに、不思議なことが起こった。女たちに肌の艶《つや》や目の輝きが戻ってくる。娑婆《しゃば》にいた頃心に刻んだ本が彼女らに生命力を吹き込んだのだ。

このエピソードを小説に取り入れたのは言うまでもない。

キノコの魔力

「香り松茸《まつたけ》、味シメジ」なんていうけれど、スーパーで売っている人工栽培されたシメジの味気ないこと。椎茸《しいたけ》だってエノキだって同じ。味&香りは、採れてから経過した時間に反比例するのだから、今さら愚痴っても始まらないのだけれど。

その点、山をほっつき歩いて見つけた茸《きのこ》は香ばしくて味が濃くて、おまけに見つけるまでの苦労や疲労や、吸いこんだ森の清浄な空気や、いちいち見とれた景色や、茸狩りの現場にやって来るのに費やした時間や金までが詰まっているのだから、ありがたいことこの上ない。

同じ狩りと言っても、鹿狩りや猪狩りや熊狩りなどに比べて茸狩りは、ひっそりと穏やかで殺生の罪悪感を覚えなくても済むというのに、ハンティングの魅力を十分に持ち合わせてもいる。狩りの対象を探索しなくてはならないということは、すなわち見つからない可能性もあるということで、賭《か》け事につきものの偶然を必然にすべく（茸の特性や現場についての）一定の知識経験や技術を必要とし、その上さらに、幸運を必要とするということなのだ。未知と偶然があり、運不運があることこそが、人を狩りに駆り立てる魅力ではないだろうか。

まあ、そんなわけで、山で採りたての茸の味を覚えてからというもの、スーパーの茸売り場はパスするようになった。当然といえば当然の成り行きではある。

もっとも、泥棒にも三分の道理があるように、薔薇には刺《とげ》があり、野生茸の一割には毒がある。宝くじよりずっとずっと確率が高いので、毎年季節になると、毒茸にあたって命を落とす人があとを絶たないのは周知のとおり。

死にたくなけりゃ、わざわざ野生の茸なんぞ喰《く》わずに、商品化された人工栽培もので満足していればいいわけである。要するに、食い意地の張ったわたしなど、不味《まず》い茸＝無難な人生、美味《うま》い茸＝命の危険という哲学的な二者択一を迫られることになる。

この選択には、人生観、快楽観が反映される。というか、食いしん坊度がモロにあらわれる。当然、わたしは後者を選び、茸狩りには『毒殺方法事典』と虫眼鏡を必ず携えて赴くのだが、外見だけで見分けることの難しいこと難しいこと。人類は未《いま》だに確実な見分け方を確立していないので、過去に蓄えられた（この茸を食べた人は死んだ、あるいは死ななかったという）経験則に頼るしかないらしいのだ。

ちなみに茸中毒による落命者リストには、カリグラとネロという二人の暴君の狭間《はざま》にローマ皇帝となったクラウディス帝、英国王ヘンリー八世を破門したローマ教皇クレメンス七世、フランス王シャルル六世など錚々《そうそう》たる人々が連なる。なお、メジチ家とボルジア家というルネサンス期を代表する両名家秘伝の毒薬リストにももちろん毒茸は含まれていた。

「先生、どの茸も食べられますか」

「もちろん、どの茸も食べられますよ。ただ、茸によっては、一度だけしか食べられないものもあります」

というわけである。くれぐれもご用心を。

餌と料理を画する一線

とある一家で、年老いた母親の手元がおぼつかなくなってきたということで、家族みんなは陶器の食器を使っていたのだが、老母だけ木の食器をあてがうようにした。そのうちに食べ方が汚いというので、当然のように同じ食卓にも座らせずに独り離れて食事させるようになった。ある日のこと、一家の五歳になる息子がどこからか木の切れ端を見つけてきて一生懸命細工している。息子が怪我をしないか心配になって両親が尋ねた。

「ノミなんか使って危ないじゃないか！　いったい何を造ってるんだい」

「パパやママが年取ったときのための食器さ。祖母《ばあ》ちゃんのと同じのだよ」

いたいけな息子の言葉にハッと胸を突かれた親たちは、老母に対する自分たちの仕打ちの酷《むご》さに気付き、以後心改めて老母にも同じ陶器の食器をあてがい同じ食卓を囲んで食事するようになった。めでたしめでたし。

たしか、そんな内容のドイツの民話を幼稚園の紙芝居で聞かされたことがある。なのに、小学校にあがって、学校から給食用の食器一式を買わされたとき、この民話を思い出すことはなかった。皿二枚におわんが二個。鈍い金色をしていたから、アルミと何かの合金だろう。母親が食器一式入れる袋を縫ってくれたので、それをランドセルの留め金に引っかけて、通学する。走ると袋がお尻《しり》に当たってポンポン飛び跳ね、中の食器がガシャガシャ鳴った。食器が陶器でないことを何の抵抗もなく受け入れていた。給食とは、そういうものだ、と思ったのだろう。

小学校三年から中学二年までの五年間、チェコスロバキアで過ごすあいだも、この民話を思い出したことはなかった。こちらは、逆に、学校でも夏のキャンプでも寄宿舎でも、父の勤務先の従業員食堂でも、盲腸で入院した病院でも、食器はことごとく陶器か磁器かガラス製だったというのに。見学で訪れる保育園や老人ホームでも食器は陶磁器と相場は決まっていた。その事情は今も変わらない。映画や小説で知る限り、食器が陶器でなくて金属製なのは、軍隊か監獄かナチスやスターリンの強制収容所。通常の人間用の食器に陶器でないものをあてがうことが許容されるのは、飛行安全に重量が絡む機内食用の器や、遠足用の食器ぐらいだろう。機内食だって、ビジネスクラスやファーストクラスになると、陶磁器を使う。

もっとも、このことを当時とりたてて意識することはなかった。突然、このことが意識にのぼり、はるか昔に聞かされた民話を思い出したのは、日本に帰国後編入した中学で昼食時に配給される脱脂粉乳を飲むためにアルミのおわんを渡され、今日は初日なので貸与するが、なるべく早く購入するようにと言われたときだ。ギョッとした。見回すとクラスメートたちは、アルミのおわんでまずそうにミルクをすっている。餌じゃあるまいし（いや、あの脱脂粉乳はアメリカで豚の餌だったのが余って日本に押しつけてきたらしいので、実際に餌だったのだが）、わたし飲まないから買いませんと断った。

帰国後半年して小児リウマチにかかり入院すると、病院が用意する食事はすべて合成樹脂でできた食器に盛られていた。経済の高度成長期にあたるこの時期、日本全国でアルミ食器から合成樹脂食器への転換が起こったのではないだろうか。その後進学した高校の食堂でも、大学の生協経営の食堂でも食器はプラスチックでできていた。大学寮に入った友人を訪ねたときに確認したのだが、そこの食堂の食器もことごとくベークライト製だった。そのたびに惨めな情けない気持ちになった。プラスチックの器に盛られるや、どんな料理も餌に成り下がる。

その後通訳になって日本国中、実に様々な業種の企業や、官庁を訪問する機会があったが、やはり、どこの従業員食堂でも、判で押したように、人々はプラスチックのトレーにプラスチックの皿やどんぶりや鉢に盛られた料理を載せている。

甥《おい》が通う保育園も、もちろんわが老母が通うデイケア（通所介護）サービスセンターも、食事内容、特にその栄養バランスには細やかな配慮が感じられるのではあるが、食器については、相も変わらず事情は同じである。

もしかして日本国憲法には特定の集団に食事を供給する場合、その食器は割れない錆びないを旨としなくてはならない、という文言があったのかもしれないと心配になって調べたのだが見当たらなかった。

しかし、経済大国になったはずの今も、それは日本国の不文律として幅を利かせている。日常的に食事のプロセスを楽しむことなどに一片の価値をも見いだせない効率一辺倒な、快楽を無駄としか解釈できない精神の貧しさが、未だに日本人の食生活の、いや生き方の根底にあるのではないか。まるで発作のようにどこか落ち着きのないグルメブームの背後にも、そういうせかせかした貧乏根性が見え隠れしてならない。

食欲は……

このあいだ芝居が六時半に開演するので、同伴者のM子に、ちょっと早いが、夕食をすませてしまおうと提案したら、昼ご飯が二時過ぎだったので、まだお腹が空《す》かないと気乗りしない様子で、

「空腹は最良の調味料というけれど、その調味料が無いんだもの」

などと言う。

「でも、芝居がはねるのは一〇時頃。めぼしい店は閉ってしまうじゃないか」

「そりゃそうだけど……」

「家にたどり着くのは、夜中の一二時前、それからご飯作るのはめんどくさいでしょうが」

「うーん……」

M子がそれでもまだ迷っているようなので、恋煩いで拒食症に陥ったある乙女の悲劇について語り聞かせたのだった。

「朝目覚めるや愛しい彼氏のことを想って朝食は喉《のど》を通らず、日がな一日彼氏のことばかり考えて昼食をとるのも忘れ、暗くなっても心を占めるのは彼氏の面影のみで夕食について考える余裕も無し。夜になればなったで眠れない。お腹が空き過ぎて。それで目茶喰いして肥満児になったとさ……きちんと食べるときに食べましょう」

M子の心がかすかに傾いたのを見はからって、とっておきの殺し文句を口にした。

「食欲は食べてる最中にわいてくるものよ」

「そういえばそうだ」

すっかり乗り気になったM子は、近くにかなり美味いラーメン屋があることを思い出したのだった。

ラーメンを一気に平らげ汁を最後の一滴まですすり終え、

「本当だ。食欲って食べてる最中にやって来るんだね！」

とご満悦である。

満腹中枢が飽和レベルに達すると、食欲には当てはまらなくなるが、権力欲にも読書欲にも征服欲にも学習欲にも、最近のブッシュを見ていると空爆欲にもこの真理は敷衍《ふえん》できる気がする。

それもそのはず、この名文句はすでに一六世紀にフランソワ・ラブレーが『ガルガンチュア』に登場するアンジュ司教ル・マン・ジェロマに吐かせているぐらいだ。

ソースの数

フランスの諺に、「おのれの失敗を、建築家はファサード（正面）で隠し、医者は土で隠し、料理人はソースで隠す」とあるように、ソースは料理そのものというよりも、料理の味を演出する、または調整する手段である。

ソース sauce の語源はラテン語の salsus。「塩に漬けられた」または「塩味のついた」を意味する言葉であるが、いつのまにか「液体調味料」もしくは「かけ汁」一般を示す語となった。ソースの発見は、西洋料理史上画期的な出来事とされていて、フランス人の発明ということになっている。

液体調味料っぽいものは、古くから中華料理や日本料理にも、他の地域にもあったはずなのだが、まあその頃のヨーロッパ人にとっては、そうだった。それで、ソースという言葉もフランス語経由というよりもフランス料理経由でヨーロッパ各国に広まり、今では日本語にも忍び込んでいる。ただし、日本ではあの黒茶色のウスターソースの代名詞として使われることの方が多い。でも間違っても「日本には一種類しかソースが無い」などとヨーロッパ人に向かって口走らないように。

彼らにとっては、ソースの種類の多さこそが料理の発達していることの証《あかし》であり、洗練された文化の証でもあるのだ。それは一八世紀から一九世紀にかけて活躍したフランスの外交官C・M・タレーランの「イギリスには三〇〇の宗教と三種類のソースがある。フランスには三つの宗教と三〇〇種類のソースがある」という発言にも如実にあらわれている。

なお今では、本場フランス料理のソースの数は三〇〇〇以上を数えるまでになっているらしい。

黒パンの力

最近では酸味のあるドイツ風ライ麦パンを売る店が増えたが、ロシア風の黒パンともなると、ドイツ風のさらに五倍ほども酸味が強い。といっても酵母を発酵させた酸味だから消化がよく、漬物と同じような食欲増進効果がある。実際に、ロシア人のパン消費量は、他のヨーロッパ諸国の平均の三倍弱という統計数字もあるくらいだ。

日本人のわたしでさえロシア風黒パンが無性に食べたくなるくらいなのだから、ロシア人にとっては計り知れない力を持っているだろうとは思っていたが……。

一〇五四年にギリシャ正教会がローマ・カトリック教会と決裂したことは、東西キリスト教の分断という大事件として高校の「世界史」でも暗記させられた。「世界史」で習った記憶では、三位一体の解釈とかマリア崇拝をめぐる意見の相違などがその理由とされてきた。ところが、実際に決定的だったのは、正餐式《せいさん》で使うパンをめぐる対立だったらしい。(ビザンチンやロシアで常用される)酸味のあるパンを用いるか、カトリック教会で一般的だった酸味のないパンを用いるかをめぐって、一一世紀半ばには激論が東西教会間で交わされたらしい。

教皇レオ九世が「正餐で酸味のあるパンを用いてはならない」と断を下したことによって、ビザンチンの正教会本部は、カトリックと袂《たもと》を分かつしかなくなった。正教会傘下の一〇〇年ほど前にキリスト教国教化に踏み切ったばかりの新興国ロシアでは酸味のある黒パンを常食し、これを否定されることが、民族的自尊心とアイデンティティーをいたく傷つけるのは火を見るより明らかだった。レオ九世の裁定を認めたら、ロシアはキリスト教から離脱してしまう。ビザンチンはカトリックよりもロシアを、つまり黒パンを選んだ。と、これはあくまでも愚見だが。

蕎を伝播した戦争

ロシア人は古くから実によく蕎《そば》を食べてきた。ロシアの格言に、「蕎粥《そばがゆ》はわれらが血を分けた母なり、ライ麦パンは我らが血を分けた父なり」とあるが、これはまだロシア人が馬鈴薯《ばれいしょ》を食すようになる一九世紀以前にできた慣用句なので、現在は、この二つに馬鈴薯を加えて、ちょうど日本人にとっての米に相当する主食の役割を果たしている。

平凡社刊『世界大百科事典』に、「世界総生産量は従来平均約一〇〇万トンで、そのうち大部分は旧ソ連で生産され、旧ソ連での生産変動が世界生産量を左右している」とあるが、さもありなんなのである。

もっとも日本のようにヌードルにするのではなく、実を粥にするか、スープの具にするか、ご飯のように炊いたものをソースの多い肉料理に添えて食べる（これは素晴らしく美味で、私はビーフ・ストロガノフを作るとき、馬鈴薯やご飯ではなく蕎の実を添えている）。あるいは、粉にしてクレープにする（これは香ばしくて、小麦粉クレープが物足りなくなる）。また、ロシアの国民酒ウォトカの原材料としても重宝されている。もちろん、家畜の餌としても大活躍だ。

　蕎を愛するのは人間だけではない。蕎の花が咲き乱れるとき、大地はピンクがかった白い絨毯《じゅうたん》にビッシリ被われる。その上を日がな一日蜜蜂《みつばち》が飛び交う。

　蕎の蜂蜜は一番黒ずんでいて一番身体にいい、「青白い顔の人は蕎の蜂蜜を飲め」とロシアの諺は言う。たしかに貧血にはとても効くのだ。

　一八世紀末の対仏戦争を勝利に導いた、ロシアきっての名将スヴォロフは大の蕎粥好きだったと伝えられるが、実はロシア兵法の父と言われるだけあって、蕎粥が美味であるだけでなく栄養価が高いことを計算していたのではないかと思われる。蕎は少量でも素早く腹を満たすので、遠征時の兵站《へいたん》にピッタリ。そんなわけでロシアでは、古くから蕎粥は、兵隊さんの食生活の中心に据えられてきた。

　さて、蕎のことをロシア語で гречиха グレチーハ または гречка グレチカと言う。綴《つづ》りは「ギリシャ女」を意味する語と同じ。偶然の一致なのかと長い間思っていたのだが、本稿を書くために調べていて、蕎がロシアにギリシャ経由で入って来たことを知った。蕎の原産地は、バイカル湖畔辺りからシベリア南部、モンゴル、中国東北地方にいたる寒冷地だと言われているので、てっきりシベリア経由で入ってきたものと思い込んでいたのだ。

　ところが、蕎を最初に栽培し始めたのは、四〇〇〇年ほど前のインドで、ヒンズー語では、実の色から「黒い麦」と呼ばれていた。そして、ギリシャには、アレキサンダー大王が大遠征の末インドから持ち帰った。ギリシャから黒海沿岸のギリシャ人植民地を経てロシア人の祖スラブ人社会にやってきたので、「ギリシャ女」と呼ばれるのだ。ロシアには、そんなわけで比較的早く蕎が入ってきたのだが、北欧、東欧諸国が蕎を知るのは、一三世紀はジンギス汗の軍勢のおかげ。

チェコ語では、pohanka ポハンカと言い、ハン＝汗だから、「汗の食べ物」というような意味ではないだろうか。フィンランド語で tattari タッタリと呼ばれるのは、少数民族である蒙古《もうこ》人がタタール人を隊列に加えて軍を編制したため、ヨーロッパでは、蒙古軍をタルタル、あるいはタタールと呼んで恐れていた名残かもしれない。

フランス語で、sarrasin「サラセン＝アラブ」、イタリア語で、grano saraceno「サラセンの穀粒」と呼ばれるのは、十字軍が遠征先のイスラム圏から持ち帰ったためであると思われる。ポルトガル語で、trigo mouro「ムーア人の小麦」と呼ばれるのは、イベリア半島が八世紀から一三世紀までムーア人に征服されていたため、彼らから蕎を伝えられたからなのだろう。あるいは、蕎の実の黒さからムーア人を連想したのかもしれない。

蕎がその版図を広げていくのに、戦争わけても遠征の果たした役割の大きさに息を呑む。スペイン語の蕎、alforfon ＝ alforjon の語源が、alforjas 革袋、転じて革袋で運ばれる遠征食を意味しているのは、とても偶然とは思えなくなる。

ナポレオンの愛した料理人

鳥インフルエンザで世間が騒然となっているせいか、鶏肉絡みの話を次々に思い出してしまった。

鶏肉といえば、まず何はさておきナポレオンだろう。ナポレオン一世はことのほか鶏肉が大好きだったという俗説がまかり通っている。

その証拠に、漫画やカリカチュアなどで描かれるナポレオンは、ジョセフィーヌの尻に敷かれ、鶏肉を頬張る姿なのが圧倒的に多い。顔がうまく似せて描けなくても、それだけでナポレオンだと了解されるから、虎を描くのに竹林をセットにするようなもの。

また、『世界人物逸話大事典』（角川書店）で「ナポレオン」を引くと、「大好物は若鶏のロティにさまざまなソースをかけたもので、一方、大嫌いなのは血のしたたるような肉とニンニクである」というフレデリック＝マソン著『家庭におけるナポレオン』の一節が紹介されている。

しかし、ここには、真実の半分しかない。というのも、権力の頂点に登りつめた人生半ばで、ナポレオンは鶏肉が嫌で嫌で仕方なくなってしまったからだ。

このナポレオンの鶏肉嫌いは、決して一日にして出来上がったものではない。彼が生まれたコルシカ島の貧しい小貴族ボナパルト家では、肉といえば鶏肉だった。コルシカ島は文字通り鶏で溢れ返っていたような島だったから、貧乏貴族にも手が届く安さだったのだ。調理法は、タップリの水に浸して煮て、スープと茹《ゆ》で鶏が同時に出来上がるといういたってシンプルなものだ。

その後、ナポレオンは軍人となり、伍長《ごちょう》、将校と出世していったが、遠征先で配下の兵卒たちと野営を張る村や町で出される食事はほとんどいつも鶏肉だった。生まれてこの方三〇年間にわたって、ほぼ毎日鶏肉を食べていたことになる。そしてついにある日、ナポレオンは鶏肉に対する強烈な嫌悪感を覚えた。一種の飽きだったのだろうが、それが蓄積して拒絶反応となってしまったのかもしれない。

だから、一七九九年、ブリュメール一八日のクーデターを経て第一執政となり、皇帝となってからというもの、自分に仕える料理人たちに対して、鶏肉は、いかなる形であれ食材として用いることを厳禁した。禁を犯した者は、ギロチンを覚悟するように、という脅し付きで。

当然、コックたちは御主人の希望を忠実すぎるほど忠実に守った。それは、リャギュピエールという料理人がナポレオンのコック長に就任するまで続く。

リャギュピエールは、自分の腕に自信と誇りを持つ、プロフェッショナルだった。アルチザン（職人）特有の頑固さと気むずかしさ、アーチスト（芸術家）特有の閃《ひらめ》きと集中力の持ち主であったから、こと料理に関してだけは、いかなる権力であれ、権威であれ、干渉されることが我慢ならなかった。

そんなわけで、ナポレオン廷の厨房《ちゅうぼう》に赴いた初日、担当者が皇帝の厳命を伝えるあいだは黙って聞いていたものの、初仕事となった翌日の正餐《せいさん》には、鶏料理を用意した。しかも、一切誤魔化すことなく、一目で鶏と判るすがたかたちの鶏料理を、である。

ナポレオンは、鶏肉に対する嫌悪感もさることながら、名人とはいえ一介の料理人が自分の命令を無視した厚かましさと無礼に自制心が利かなくなるほど怒り狂った。宮廷中が震え上がり、すぐさま、ナポレオンの前に引き立てられたリャギュピエールは、しかし、憎たらしいほど冷ややかに言い放った。

「陛下、わたしをご随意に処分なさるがいい。ただし、どうか、その前に、わたしの作った料理をほんの一口だけでもお試しください。それが陛下のお気に召さないならば、わたしは喜んで自分の首とおさらばしましょう」

リャギュピエールの並々ならぬ覚悟と迫力に気圧《けお》されて、食欲は完全に減退していたものの、むくむくと湧き上がってきた好奇心に駆られて、ナポレオンは料理をつまんで口に運んだ。ンッという感じで頭を傾げ、もう一口つまむ。そして、もう一口。一同息を殺してシーンと静まりかえった室内で、ナポレオンが凄まじい勢いで料理を平らげていく音だけが響き渡る。皿が空っぽになりかけて、初めて顔を上げたナポレオンは、照れくさそうに尋ねた、というよりも感嘆した。

「どうしたのだ。あの癇に障る鶏独特の嫌な臭みと味がしないではないか⁉」

この瞬間から、リャギュピエールは、鶏肉を皇帝陛下のメニューに加える許しをナポレオンから直々に得たのだった。そして、毎回、異なる味の鶏肉を用意しては、ナポレオンを喜ばせた。

こうして鶏肉は皇帝の大好物になった。そのレシピの秘密は香料と「さまざまなソース」にあったと伝えられる。ナポレオンは、以後リャギュピエール無しには一日とて持たない身となり、遠征のたびに必ず同行させた。

一八一二年のロシア遠征の際にも、もちろん連れて行った。軍備に劣るロシア軍は後退を続け、モスクワは難なく陥落したかに思えたが、フランス軍が入城するなり火が放たれ、大火から逃げまどうところをロシア軍に包囲されて大打撃を被る。

以後フランス軍は敗退に敗退を重ね、ナポレオン自身も命からがら逃げ延びるしかなかった。ベレジナ河を渡る際のパニック状態の中で、リャギュピエールは調理器具一式とともにナポレオン本隊とはぐれてしまい遅れをとった。

ナポレオンお気に入りのコックは、ご主人様がようやくパリに到着した一二月頃、ネマン河を渡る際に乗っていた船を撃沈されて落命した。

リャギュピエール亡き後、ナポレオンが鶏肉を食したかどうかは不明だが、ナポレオン自身がそれから三年後に流刑先のセント・ヘレナ島で失意のうちに亡くなったのはご存じの通り。

非物的娘

コーヒー・ブレイクとは、実に言い得て妙な表現だ。会議などで議論が煮詰まりすぎて先に進まなくなったとき、あるいは原稿を書いていて筆先が鈍ってきたとき、ちょっとひと休みして飲み物を口にしただけで、リフレッシュできる。頭と心がはまり込んで身動きできなくなっていた袋小路から抜け出てリセットされる。リセットされるこの上なく爽快《そうかい》な瞬間、わたしは、なぜかいつも、ゴンチャロフの『平凡物語』の中に出てくるあるフレーズを思い出す。

ゴンチャロフというのは、ロシア文学の黄金時代と言われた一九世紀中葉に活躍した小説家の一人である。一八四七年、五九年、六九年と、ほぼ一〇年に一度の割合で三編の長編小説を発表しただけなのだが、それがどれも驚くべき傑作で、当時の文壇にとっても読者にとっても、大事件だったらしい。そのため、たった三編の小説で、ツルゲーネフ、ドストエフスキー、トルストイと並び称せられる文豪として、彼は文学史に名を残すことになった。

このゴンチャロフのデビュー作が『平凡物語』。純情可憐《かれん》で夢見がちな青年アレクサンドル・アドゥーエフが理想に燃えて都会へ出て行ったものの、根気や行動力の伴わない夢や理想は次々にうち砕かれてしまう。結局、アレクサンドルは、徐々に周囲の人々と環境に感化されて典型的な俗物になり果てていく。小説はそのプロセスを描き出す。

さて、アレクサンドルは、惚《ほ》れっぽくて、恋する度に相手に贈り物をする。この贈り物のことを、彼は気取って、

「非物的関係の物的記号」

なんて言ったりしている。

アレクサンドルが下宿先として身を寄せる叔父《おじ》のピョートルは、官僚出身の敏腕実業家で、甥《おい》っ子の夢想癖を罪悪視している。甘っちょろくてふわふわしたアレクサンドルを何とか叩《たた》き直して勤勉で冷静な実務家にしなくてはと心砕いている。だから、甥っ子の気障《きざ》なセリフも恰好《かっこう》の揶揄《やゆ》の対象となる。ピョートルは、ことあるごとに皮肉を込めて、「非物的関係の物的記号」という表現を繰り返す。

そんなわけで、『平凡物語』というと、わたしはほぼ自動的に、「非物的関係の物的記号」というフレーズを連想するようになった。

あるとき、同時代の人気評論家ゲルツェンのエッセイ『その日は蒸し暑かった……』を読んでいたら、

「音楽は、音という物的現象の非物的娘である」

　という表現に出くわした。発表順からすると、ゲルツェンの方が少しだけ先である。どうやら、こういう言い方は、当時流行っていたのではないだろうか。

　さて、冒頭の話に戻ると、コーヒーのおかげで頭と心がブレイクする瞬間は、まさに、「コーヒーという物的飲み物の非物的娘である」と表現したくなるのだ。コーヒーが嗜《し》好《こう》品として急速に普及していった中世、アラビアの商人たちが、栽培地が他に拡大することを恐れて、コーヒー豆の禁輸を布《し》いた気持ちもよく分かるというものだ。

Ⅲ

心臓に毛が生えている理由

○×モードの言語中枢

「日本の経済学者のほとんどが、エッ、ほんとに学問やってるの？ て感じの人が多いんだよね。多すぎる」

頭脳明晰《めいせき》、英語も日本語も堪能《たんのう》なモスクワ大学経済学部長のVは歯に衣着《きぬき》せない。実は学会で通訳をするたびに、日本人研究者の発言における語と語のあいだの関係性の希薄さについては、わたしも感じていたところなので、ちょっと突っ込んでみた。

「学問的でないというのは、どういうところが？」

「知識は豊富なんだけれど羅列なんですよ。それを体系化して現実の全体像を把握するのが学者の仕事だと思うのだが。日本は学問観が違うのかなあ」

学問観の違いというよりももっと根が深い気がする。知識観の違い、それをベースにした教育方法そのものの違いなのではないか。

三〇年以上も昔のこと。中学二年の三学期に、チェコのプラハから帰国し、地元の学校に編入させられたわたしは、ほとんどのテストが○×式か選択式であるのに、ひどく面食らった。


次に列挙する文章の内、正しいものには○を、間違ったものには×を記せ。

( ) 刀狩りを実施したのは、源頼朝である。

( ) 鎌倉幕府を開いたのは、源頼朝である。

( ) 「源氏物語」の主人公は、源頼朝である。


鎌倉幕府が成立したのは( )年である。

右の文のかっこ内に当てはまるものを、以下の①~④の中から選んで埋めよ。
①一八六八 ②一六二二 ③一四九七 ④一一九二

初めてこのタイプの出題に接したときは、正直言って、嘘じゃないか、冗談じゃないかと思った。無理もない。それまで五年間通っていたプラハの学校では、論文提出か口頭試問という形での知識の試され方しかしていなかったのだ。

「鎌倉幕府が成立した経済的背景について述べよ」

「京都ではなく鎌倉に幕府を置いた理由を考察せよ」

というようなかなり大雑把な設問に対して、限られた時間内に獲得した知識を総動員して書面であれ口頭であれ、ひとまとまりの考えを、他人に理解できる文章に構築して伝えなくてはならなかった。一つ一つの知識の断片はあくまでもお互いに連なり合う文脈を成しており、その中でこそ意味を持つものだった。

ところが、日本の学校に帰ったとたんに、知識は切れ切れバラバラに腑《ふわ》分けされて丸暗記するよう奨励されるのである。これこそが客観的知識であるというのだ。その知識や単語が全体の中でどんな位置を占めるかについては問われない。

これは辛《つら》かった。苦痛だった。記憶は、記憶されるべき物事と他の物事、とくに記憶する主体との関係が緊密であればあるほど強固になるはずなのに、単語と単語のあいだの、そして自分との関係性を極力排除した上で覚え込むことを求められるのだ。

ひたすら部品になれ、部品になり切れと迫られるようだった。自分の人格そのものが切り刻まれ解体されていく恐怖を感じた。

たまらなくなって担任教師に訴えると、彼は誠実に答えてくれた。

「論文や口頭試問では、評価が大変です。教師の力量が足りませんし、教師対生徒の人数比を今の半分にしなくてはなりませんね。それに、評価するものの主観によって評価が左右される。不公平になるでしょう」

そのときは、どこか腑に落ちないものの、一応納得して引き下がったわたしが、今では心の中で反論し続けている。公平な評価なんてフィクションだ。今の方式だと、機械でも採点出来るから、評価の基準が画一化するだけのこと。単に教師が評価に責任を負わなくても良くなるだけだ、と。

言い換えの美学

「ゴルバチョフが、あれだけの華々しい成功をおさめながら、あのように惨めに歴史の舞台から去って行かねばならなかった原因はどこにあるのか。ゴルバチョフの幼年期に遡《さかのぼ》って……ゴルバチョフはそのとき……ゴルバチョフが下した決断は……ゴルバチョフの最大の誤算は……」

ペレストロイカ一五周年を記念して開かれたシンポジウムで同時通訳をつとめるわたしは、わずか三〇分ほどのその基調報告の通訳をしながら、五〇回以上は「ゴルバチョフ」という語を発した。

ところが、原発言者であるロシア人スピーカーは、発言の中で二、三回ほどしか「ゴルバチョフ」と言っていないのである。ロシア人はふつう名前と父称をセットにして人を呼ぶ習わしがあるから、ゴルバチョフもミハイル・セルゲイェヴィッチと言われることの方が多いが、それだって、二回しか使っていない。では、スピーカーは、何という言葉でゴルバチョフを指し示したか。それが、実に多種多様なんである。「彼」なんていう代名詞など、数回しか使っていない。

「幼いミーシャ（ミハイルの愛称）」「スタブローポリ州の若き党第一書記」「ライサの夫」「チェルネンコの葬儀委員長」「新しい党書記長」「ペレストロイカの開始者」「グラースノスチの父」「核軍縮の立て役者」「クレムリンの主」「ソ米会談の主人公」「ソ連最初の大統領」「上からの改革者」等々。とにかく、絶対に同じ単語を使うものか、という美意識に貫かれている。

そして、これは別にこの時のスピーカーに限ったことではない。ロシアのテレビやラジオ、文学作品は当然のことながら、経済や科学の論文にさえ、同じ事柄を同じ語で指し示すのを避けよう避けようとする傾向が認められる。何度も同じ単語を反復するなんて野暮の骨頂。そんな発言するなら、黙っていたほうがまし。そういう意地が漲《みなぎ》っている。傍《はた》からはそう見えるのだが、彼らの言語中枢は、そうしなくては気持ち悪くて落ち着かないという風に習慣づけられてしまっているのだ。

もっとも、ロシアに限らず、欧米文化圏に共通する、これは修辞学のイロハのようで、仏語ニュースを聞いていると、原文では、「ポトマックの畔《ほとり》」とか「ワシントン」とか言い分けているのを、同時通訳は全て、「アメリカ政府」と訳を統一していた。

せっかく、子供の頃から叩《たた》き込まれた美意識に従って言い分けたスピーカーの努力は、日本語に訳す時点でほぼことごとく水泡に帰する。日本語では、言い換えの美学はさほど重要視されないし、それよりも、全ての言い換えを字句通り訳していたら、聞き手に通じない危険の方が高いのだ。もったいないから捨てないで訳そうとすると、「ポトマック河というのがワシントンに流れておりますから、ポトマックの畔、これすなわちワシントン、つまりアメリカ政府の所在地をさすわけで、つまりアメリカ政府のことなんですね」と、聞き手の無知を心配してクドクドと説明を付けてさしあげねばならず、時間的余裕のない同時通訳としては、結局「アメリカ政府」と意訳する以外にないのだ。

これは仕方がない。言語にまつわる習慣の違いなのだから割り切るしかない。それよりも、もっと困ったことがある。訳す方向が逆になった場合である。日本人スピーカーは、こちらの気苦労も知らずに、

「森首相は……森首相は……」

と言う。時々「総理」と言い換えるぐらいなのだ。でも、それをそのまま訳すと、聞き手のロシア人には恐ろしく幼稚で無知無教養な人の発言に聞こえてしまう。だから、同時通訳ブースの中で身悶《みもだ》えしながら懸命に言い換えようとするのだが、次々に浮かぶのは、「霞ヶ関の蜃気楼《しんきろう》」「鮫の脳味噌《のうみそ》の持ち主」「滅私奉公の推進者」「日本を神の国と思い込むリーダー」……と口にするのがはばかられるフレーズばかりなのだ。

便所の落書きか

共産党が「社会主義革命」という言葉を綱領から引っ込めるとか言い出したが、IT（情報技術）革命という言葉の方は、今やあちこちで叫ばれている。それも、時が経つほどに脅迫めいた響きが濃くなってきているみたい。パソコンを操りインターネットを使いこなせないなんて、ダメ社員、情報化に乗り遅れた企業は必ず市場で淘汰《とうた》されるという論調なのである。

「これは、一八世紀の産業革命にも匹敵する科学技術上の大変革で、社会、経済、政治だけでなく今後の人間のあり方そのものにも多大な影響を与えつつある」

と時流の尻馬に乗るのを得意技とする学者や文化人はあちこちでぶちあげるし、インターネット・バブルのおかげで短期間に巨万の富を築いた実業家は、これこそ長引く不況から脱出させる救世主だと手を揉《も》む。森首相は、先の所信表明演説でIT革命を推進するために国民運動を展開するとまで宣言する始末。と言っても中身は、通信事業者に税金をばらまくという旧態依然たる方法を踏襲しているだけなのが笑えるのだが。

実際にインターネットのお世話になっている立場からすると、それほどのものかと思う。この原稿だって、パソコンを電話回線に繋《つな》いだ電子メールで編集者に送りつけているし、昔は六紙定期購読していた新聞も、今では二紙に限り、あとはインターネットで各新聞のホームページを読んでいる。キーワードを打ち込めば、一〇年以上前の記事も検索できるので、切り抜きアルバイトを雇う費用も居住面積も節約できた。調べものをするときには、短時間で多数のサイトを猟歩する。と言って、浮いた時間を有効に使っているとは言い難いし、書く文章が内容豊かで巧くなったわけでもない。

小咄《こばなし》は今まで直接ロシア人の口から聞き出すしかなかったのが、インターネットを覗《のぞ》くたびにロシアの小咄サイトが増えていて、これは重宝と飛びついた。どのサイトも基本的に万人に門戸開放していて、訪問者が自慢の小咄を書き込めるようになっている。でも、圧倒的多数はゴミ。千に一つぐらいの割合でアッという傑作があるのだが、それに行き当たるまでに費やす時間と痛める視力のことを思うと、ロシア人から直接聞かされた方が効率が良かったし楽しかったような。

多くのホームページには掲示板という訪問者が意見を書き込むサイトが設けられていて、自然に討論になっていく。感心したのは、書き込まれるメッセージに一切の権威付けが無いということ。どんな暴言を吐こうが悪態をつこうが、発言者の年齢も性差も地位も職業も見えない。では、某テレビキャスターが言ったように、「便所の落書き」になるかというと、必ずしもそうではない。一時荒れたとしても、最終的には、論理的で理性的な、しかも人間的暖かみのある発言が少しずつ皆の支持を得ていく。それは、内容そのものの力なのである。日常的には、われわれは「何を」しゃべったかよりも「誰が」しゃべったかに左右されるのが、その逆になる爽快感《そうかい》がある。人間って、結構信頼できる、希望が持てる、と思う瞬間だ。これは意外な発見ではあるが、革命的と言うほどのものではない。

一つ、インターネットの利用価値を見いだした。学者の先生方がハクつけのために刊行したがる著書、「私」の表現に燃える善男善女が自費出版したがる「自分史」や句集、歌集の類《たぐい》、功成り名を遂げた会社の重役がゴーストライターに書かせる「評伝」など、本人と編集者以外まず読まないだろうと思われる書物は、まずインターネットで発表したらどうだろう。紙、印刷、製本、運搬等を考えると、金銭のみならず、多大なエネルギーと資源の節約になるので、地球環境保護という時代の精神にもあっている。もちろん、中にはすごい傑作もあるだろうから、それを紙の本にする。

えっ？　そんな権威付けしたら、余計紙の本を出したがる人が増える。ごもっとも。えっ？　それに、まず自分の駄文から始めろ。まったくもってごもっとも。

曖昧の効用

文字で書かれたものが、実際にはどう発音されていたのか、録音技術の無かった過去のことになると、正確なことは、曖昧模糊《あいまいもこ》としているものだ。

今に伝えられるラテン語や古代ギリシャ語の文献を、当時の人々がどういう音のつもりで書き留めていたのかも、万葉集をどんな風に口ずさんでいたのかも、学者たちの類推にまかせるしかない。

今ではすっかり綴りと無関係になってしまった英語の発音とて、きっと、綴りを決めた当初は、なるべく音の実体を写し取ろうとしていたはず。それを思うと、文字から音が離れていく速度は結構速い。たいそうな歴史的過去ではなく、わたしたちが生きるわずかな時間的流れの中でも、発音は軽々と変わっていく。

たとえば、「七日」と記される何の変哲もない言葉。つい二〇年ほど前の調査では、西日本では「なぬか」と発音する者が多く、逆に、東日本では、「なのか」と発声する者が大勢を占めていた。手元の国語辞典を引くと、両方の発音を認めているし、ワープロで

「なぬか」と打ち込んでも、「なのか」と打ち込んでも、「七日」と転換されるようになっている。もっとも、お気付きのように、現在は、「なのか」が西日本でも多数派になりつつあり、万葉集では「なぬか」とされていた発音はどんどん駆逐されつつある。

そういう流れは、放送界では比較的保守的なＮＨＫのアナウンサーの発音にも如実にあらわれていて、とくに若手の中には、「なのか」と発音するものがものすごい勢いで増えてきている。ＮＨＫ自身も、両方を容認する構えのようだ。

ところが、食べ物や教育と並んで、言葉については、万人が何かしら言い分を持っていて、しかも、自分こそは正しいという妙な自信も併せ持っていることが多い。というわけで、アナウンサーが「なのか」と発音しようと、「なぬか」と発音しようと、そのたびに、ＮＨＫに苦情の電話が鳴る。

「あの誤った発音は、けしからん。最近はアナウンサー教育がなっとらんのではないか！」

ご苦労様なことである。

こういう場合は、どちらにも聞こえるような曖昧な発音にしてはどうかと、わたしは思う。「なのか」派には「の」と聞こえ、「なぬか」派には「ぬ」と聞こえるような微妙な中間音にすればいいではないか。

というのも、同時通訳の最中に、わたしはしじゅうこの手を使って急場を凌《しの》いでいるのだ。

ロシア語の名詞は主に語尾によって男性形、中性形、女性形、に分かれており、形容詞は、己が修飾する名詞にあわせて語尾変化する。性一致の法則。これは、フランス語でも馴染《なじ》みがあるだろうが、ロシア語の場合、形容詞は必ず修飾する名詞に先行する。

以前、まだ通訳稼業に就く前のこと、ブレジネフの演説を聴いていたら、「社会的、政治的、経済的、文化的、教育的」という形容詞の羅列があり、語尾が女性形だったのが、最後に「側面」という男性形の名詞が来ることに直前になって気付いたらしく、あわてて全ての形容詞を最初から男性形に言い直していたのが、可笑《おか》しかった。

同時通訳になってからというもの、可笑しいでは済まなくなる。最後に来るだろう名詞が何か分からないまま、てことは、名詞の性も皆目見当のつかないまま、その前に発せられる形容詞を口にしなくてはならなくなったのだ。最後に来る名詞を聞くまで黙っていたら、第一、聞き手の信用を失ってしまうし、それより何より記憶力が持たない。それで、苦肉の策として編み出されたのが、形容詞の語尾を極力曖昧に、どうにでも聞こえてしまうように発音するという姑息《こそく》にして優れもののテクニックなのである。

発音が変わっていくきっかけは、案外こんなところにあるのかも知れない。

素晴らしい！

「スッバラシイー！」

チェリストのロストロポーヴィッチは、日本に滞在中この言葉を連発する。大好物の鯛の兜煮《かぶとに》を頬張った瞬間にも、親しい友人に久しぶりに再会した時にも、共演するオーケストラとのリハーサルが順調に進んでいる最中にも、ふと目にした美しい風景に心奪われた折にも、この上なく幸せという表情を湛《たた》えて叫ぶ。

「スッバラシイー！」

ことの発端は、もう、かれこれ一五年ほど前になる。ヤマハ音楽教室の生徒さんたちが作曲した作品を審査している時のこと。三日間にわたって、のべ一五〇点以上の作品演奏に立ち会い、審査する。肉体的にも精神的にもかなりハードで、通訳をつとめたわたしにとっては、最後の一日は地獄だった。ところが、世界的名声を誇る音楽家は、すべての作品に全身全霊を込めて聴き入り、幼い作曲家たちにまるで大音楽家に対するように接し、丁寧に厳しくコメントしていく。それでいて、あくまでも、子供を励ます姿勢を貫いていた。

最初の五曲ぐらいまでは、すべてのコメントをロシア語で述べて、それをわたしが通訳するという形をとっていたのだが、六曲目を聴き終えた時点で、マエストロはいきなり、「スッバラシイー！」と叫び、以後、コメントの中に頻繁にこの語を差し挟むようになった。一日目の日程が終了した時点で、こちらから尋ねようとしたら、マエストロに先手を打たれた。

「実に便利な言葉だね、スッバラシイーってのは」

「はあ？」

「だって、米原さんは、僕がadmirableと言っても、amazingと言っても、braveと言っても、brilliantと言っても、exellentと言っても、fineと言っても、fantasticと言っても、gloriousと言っても、magnificentと言っても、marvelousと言っても、niceと言っても、remarkableと言っても、splendidと言っても、wonderfulと言っても、必ずスッバラシイーと転換しているんだもの。いやでも覚えてしまうよ」（ロストロポーヴィッチは、もちろん、「素晴らしい」を意味するロシア語の単語を羅列したのだが、この一文を読まれる大多数の方々には分かりにくいのではという老婆心から、該当する英語の単語に置き換えた）

部屋に戻ってから、辞書を引くと、ロシア語でも英語でも、「素晴らしい」と解釈できる形容詞が、彼が列挙した分のさらに五倍はある。それでも足りないらしく、貶《けな》し言葉を反語的に使って褒め言葉に転用している。ということは、それぞれ微妙なニュアンスがあって、使い分けられているのだろう。彼らは、何かに感心感嘆しつつも、その感情を呼び起こした対象を誉め称《たた》えるのに、最も相応《ふさわ》しい形容詞をこの豊富な語彙《ごい》の中から、選び取る作業を大わらわでしているはずなのである。感動が嘘偽りないものだと、自分と他人を納得させようと必死な感じさえする。極めて緊張した人間関係がかいま見える。恐ろしいことに、こんなときに思わず口走る形容詞の選択肢の豊かさ、使用法の的確さに、感嘆した当人の教養、感受性がかいま見えるものだと、考えられているらしい。

それで当初、わたしも、いちいち、「輝かしい」だの「驚嘆すべき」だの「まるで魔法のよう」だのとニュアンスを忠実に伝えるべく日本語に置き換えていたのだが、ひどく気恥ずかしい。不自然な、つまり嘘っぽい表現になってしまう。

何しろ、『枕草子』の頃から、心を揺さぶられたおりの多様なニュアンスを、「あはれ」の一言で括《くく》ってきた伝統が、わたしたちの言語中枢に息づいている。若いお嬢さんたちが、好ましいモノすべてを、「カワイイ」の一言で片付けているのも、清少納言の延長線上で捉《とら》えれば、眉ひそめるのも躊躇《ためら》われてくる。

というわけで、解決法、いまだに発見できず。日本人スピーカーが「素晴らしい」という語を発する度に、身構える毎日である。

心臓に毛が生えている理由《わけ》

口頭で発言するとき、人は、なぜか一〇人中七〜九人が、文頭に、次のようなフレーズを添える。

I think that〜/We consider that〜

(わたしはロシア語の同時通訳者だが、この文を読んでくださる大多数の方々には、馴染みがないと思うので、英語の例文で説明する)

同じ人でも、文章に較べてスピーチの方がこの種のフレーズの登場頻度が五倍以上に増えている。おそらく、考えと文を整えるための時間稼ぎなのと、聞き手の抵抗を和らげたいという下心が作用するのだろう。まあ、一種の常套句《じょうとうく》と考えて差し支えない。

さて、ややこしいことに、このフレーズは形式的には主文で、情報の核を成す「〜」の部分が従文になっている。そして、訳される日本語文では主文の述部は必ず最後に登場しなくてはならない。ところが、英語を始めとする欧文の一般的語順に従うと、主語の直後に述語が来て、主文は発言冒頭で完了してしまう。

しかし同時通訳では、短い文ならまだしも、長たらしい複文が出てくると、文のピリオドまで聞いているわけにはいかない。次から次と後続の文章が押し寄せてくるから、フレーズ単位で片づけていく。たとえば、

I think that she loves him.

という文章ならば（これほど単純な形式と内容の文章を訳させてもらうことは、あり得ないのだが）、

「彼女は彼を愛している、とわたしは思う」

なんて全文を聞き終わってからでないと訳せない言い方は避けて、

「わたしの考えでは、彼女は彼を愛している」

というふうに、原文の語順をなぞるように転換していく。でも、発言者は「わたし」なのだから、考えの主も「わたし」であることは分かり切っている。ということは、「わたし」は省いて構わない。

「思うに、彼女は彼を愛している」

というふうに。同時通訳成り立ての人々は、しばしばそうしている。こう訳しているのを横目で見やりながら、ベテランは、心の中で呟《つぶや》く。

「フン、ひよこだわね」

というのも、よくよく考えてみれば、そう思っているからこそ、そう発言するのである。

すなわち、情報を伝えることに主眼を置くなら、この「わたしの考えでは」とか「思うに」は省略しても構わない。
「彼女は彼を愛してます」
これで十分なのだ。
さて、逆に、原発言が日本語だった場合、
「彼女は彼を愛していると（わたしは）思います」
というのを、耳に入ってくる順序で訳していくと、
She loves him.
「思います」の部分は、時間的余裕があったら、
I think so.
なんて付け加えてもよいし、間に合わなかったら、省いてもよい。あってもなくても情報の核には差し障りがないのだから、逆に最初から、
I think that～
という構文にしておいてもよいことになる。
ただし、日本語の場合、
「彼女は彼を愛していると思わない」
なんて最後のところで裏切られたりすることもある。そんな時には、

I think that she doesn't love him.（彼女は彼を愛してないと思う）

と切り抜ける。

しかし、「彼女は彼を愛していると思わない」と「彼女は彼を愛していないと思う」の間には微妙な違いがある。このミクロな差異が気になって仕方ないタイプの人には、もちろん同時通訳という職業は向かない。

同時通訳者の心臓が剛毛に覆われていると言われるのは、そのせいだろう。

言葉は誰のものか？

①「このたび日本ビリヤード協会理事会は、報道各社に対して、『玉突き』という語の多用を慎むよう申し入れた。車などの追突事故が連鎖的に起こる際に、『玉突き』という表現が、比喩《ひゆ》として用いられるが、これは、ビリヤードという健全なスポーツの印象を著しく損ねるものであり、ビリヤード普及を使命とする協会関係者は、常々苦々しい思いをしていたというのだ」（読売新聞二〇〇一年四月六日朝刊）

②「石油関連企業の業界団体である日本石油連盟は、本日二時、連盟本部での定例記者会見において、『油を売る』という表現について、世間の見直しを促した。連盟会長の岡部敬一郎氏（コスモ石油社長）の、『この表現は、無駄話を長々とやる、という意味で使われてきましたが、私どもが取り扱っておりますアブラは、今や、日本の産業の血液です』という発言には、石油関係者の忸怩《じくじ》たる思いとプライドが見え隠れした」（朝日新聞二〇〇一年一〇月一三日夕刊）

③「兵庫県明石市で起きた歩道橋での圧死事故に関連して、日本将棋連盟は二五日、『将棋倒し』の表現を報道で使用しないよう、報道関係の各社、各団体に要望書を送った。『将棋倒し』の表現は、事件が発生した二一日夜から報道で頻繁に使われているが、『……将棋の文化的普及と振興を進めている当連盟としては大変遺憾に思っていた。こういった場面での使用は絶対にやめていただきたい』としている」（毎日新聞二〇〇一年七月二六日朝刊）

④「茶の湯文化普及会、および京都府宇治市に本部を置く製茶業協同組合は、このたび京都府西陣に所在する日本茶道会館にて共同記者会見を行い、声明を発表した。声明文の趣旨は、『お茶を挽く』という表現に異議を申し立てるものである。花柳界や芸能界で客のない暇をもてあましている状態をさして、『お茶を挽く』という言い方が多用されているが、誇るべき日本の伝統文化の象徴でもある抹茶の印象を著しく損ねるものであり、好ましくないというのだ。とくに若い世代のお茶離れが進む昨今、抹茶に対するマイナスイメージを払拭《ふっしょく》したいという、関係各位の焦燥感を反映しているものと思われる」（京都新聞二〇〇一年二月二七日朝刊）

⑤「東京都はり・灸《きゅう》・あん摩マッサージ指圧師会が『お灸』という言葉を『懲罰』の意味で使わないようにと訴えた。伝統的な医療行為であって、刑罰的なイメージを押しつけられるのは困るということで、『お灸を据える』を『懲らしめる』とか『痛い目に遭わせて反省を促す』という意味で今後使わないよう、報道各社や辞書の出版元に対して要請している」（朝日新聞二〇〇〇年一二月一九日朝刊）

いずれも、初めて記事を目にしたときには、思わず吹き出してしまった。

「ううう嘘だろ！　じじじじ冗談だろ！」

しかし、どうやら抗議した側は大まじめらしい。字句や言語表現は、それが指し示す事物を飯のタネにしている人たちからなる業界団体の所有物だと考えているらしい。だから、その語の表現の正しい使い方を判断したり、指導したりする権利も、そういう団体に属するものだという論理になる。しかも、疑う余地無く至極当然なことと思い込んでいるみたいなのだ。始末の悪いことに、それをごもっともと受け容《い》れるメディアが殊の外多い。「将棋倒し」という語も、抗議された翌日から産経新聞（アッパレ）を除く紙誌面やテレビ・ラジオの音声から消えた。

こういう考えが容認されると、比喩的表現の可否は、各業界団体の諸方面に圧力をかける能力に左右されることが多くなることだろう。

ちなみに、右にあげた五点の記事のうち、三点はガセネタである。どれが本当にあった記事なのか、どうか当ててみてください。

脳が羅列モードの理由

以前、「○×モードの言語中枢」と題した文章を書いたことがある。日本人が欧米人に較べて、情報を非論理的に羅列する傾向が強いこと。同時通訳をしていると、スピーカーの脳のモード差がモロに体感できること。それは、学校教育において、欧米では口頭試問と論文という能動的な知識の試し方を多用するのに対して、日本では○×式と選択式という受け身の知識の試し方が圧倒的に多いせいではないか、という愚見を披露した。単なる教育法の違いに原因を見ていたのだが、その背景にまで思い及ばずにいた。

突然話は飛ぶが、某誌に連載中の下着に関する考察で、日本人抑留者がシベリアで便所の紙が無いことに悩まされたが、当時のロシアの庶民がそもそも落とし紙を用いていなかったという調査結果を記したところ、比較文学者の平川祐弘先生が、「せれね」という新聞の本年一月一日号に掲載されたエッセイを送って下さった。非常に面白い内容なので紹介する。

日本人を含めてなべて東洋人が口下手なのは、「昔から科挙などで筆記試験に慣れてきたせいだろう。それに反し、西欧人は口頭試問で鍛えられてきた」と、ここまではわたしと同じ論旨なのだが、平川先生は、「それは紙が少なかったからだ」という。西洋では紙が非常な貴重品で、「第二次大戦中の米国兵は一日一回四片の割り当て」「一八世紀に来日した西洋人は日本人が和紙で鼻をかんで捨てるという贅沢に一驚している」。「ケンブリッジ大学で筆記試験が始まったのは、数学は一七四七年、古典は一八二一年、法律と歴史は日本暦の明治五年にあたる一八七二年とたいへん遅い」というのだ。

日本人や中国人など漢字圏人間の脳の情報入力が視力経由に依存している割合が高く、西欧人の脳は聴力経由の依存度が高いという事は以前から指摘されている。西欧のアルファベットそのものが、音声を文字化したもので、文字そのものが聴力モードなのだ。

文字は、音として発せられた瞬間に記憶に留めない限り消え失せてしまう言葉を固定化させる具として生まれた。要するに、記憶の負担を軽減するために発明されたとしても過言ではないだろう。実際に長大な叙事詩を記憶していた世界各地の吟遊詩人たちが、文字が発明された途端に大量の知識を失ってしまったと、ソクラテスやプラトンは嘆いている。わが国でも『平家物語』の全テキストを暗唱していた琵琶《びわ》法師たちは文字の恩恵を受けることが不可能な盲人だった。

先ほど、同時通訳をしていると、スピーカーの脳のモード差がモロに体感できると述べたが、それは切実極まる問題だからだ。通訳者は、スピーカーの発言を訳し終えるまでは記憶していなければならない。ところが、論理的な文章はかなり嵩張《かさば》ったとしてもスルスルと容易に覚えられるのに、羅列的な文章には記憶力が拒絶反応を起こすのだ。

要するに、論理性は、記憶の負担を軽減する役割を果たしているわけで、文字依存度が高い日本人に較べて、それが低い西欧人の言語中枢の方が論理的にならざるを得ないのではないだろうか。

何かを得ることは、何かを失うことなのである。わたしたちは、文字に記憶の負担を転嫁することで、記憶のための貴重な具をいくつか失ったことになる。

コンピュータ化の進行とともに、記憶力のみならず、計算力とか、情報整理力とか、いくつもの脳の雑用と思われている作業を電脳に負わせるようになった。肉体労働だけでなく、精神労働の負担からも人間を解放し、持てる力をなるべく創造的な仕事に振り向けようというのだろう。しかし、創造力とは何だろう。記憶力や情報整理力など脳の基礎体力の上に成り立つもののような気がしてならないのだ。わたしたちは、キャベツの葉を剝《む》くように、今後も脳の持てる力をどんどん削《そ》ぎ落としていくのだろうか。

あけおめ&ことよろ

　ロシア語でも英語でも年頭の挨拶《あいさつ》 C НОВЫМ ГОДОМ！ A HAPPY NEW YEAR！ は音節数四ないし五で済む。これが日本語では、「あけましておめでとうございます」と音節数一五となるから、発話にかかる時間は三―四倍。そりゃあ「頌春」とか「迎春」とか「賀正」とかだと、音節数は三と少なくなるが、まさか口頭で「ショーシュン」「ゲイシュン」「ガショー」てわけにいかない。だいたい意味が通じない。文字で表せば一瞬にして了解されるものの、今も我々が話し言葉を聴取する脳はヤマトコトバモードなのだ。

　同時通訳で口を糊《のり》していた頃、稼業にあるまじく発話速度がのろいわたしが常々悩まされていたのが、英語やロシア語で表現された情報を余すところなく忠実に訳そうとすると、どうしても日本語の方が時間がかかるということ。

　すでに四半世紀前に清水幾太郎も『日本語の技術』の中で「日本の小学校で四〇分の授業で伝達し得る情報量は、アメリカの小学校で同じ四〇分間の授業で伝達し得る情報量の半分から三分の一」と指摘している。日本文学作品とそのロシア語訳、ロシア文学作品とその和訳の同じ箇所の音節数を較べてみても、日本語の方が二割以上多い。

そんな日本語が編み出した時間節約の天才的裏技が語の後部を潔くカットする方法。原子力発電所↓原発、デモンストレーション↓デモ、インスタントラーメン↓インランという具合に。わたしも何度助けられたことか。だから、「メリクリ」と言っていた若者たちが一週間後には「あけおめ&ことよろ」と言葉交わすのに私は眉をひそめたりしない。ちゃんと日本語の伝統に則《のっと》っているのだもの。

きちんとした日本語

拙著をお読みになった方がしばしば面と向かって述べてくださる褒め言葉が、「感心しましたわ、日本語が立派で！」「隅から隅まで非の打ち所のない日本語。額に入れて飾っておきたいくらい！」「きちんとした美しい日本語をお使いですね」というもの。のっけから自慢話めいていて申し訳ない。もう少し我慢して読んでください。

こう言われて、実はわたし、内心穏やかじゃない。ありがたいと思いつつ、ああやはり自分の日本語は気にかかるほどに未熟なのだなあ、と自戒する。

もう少し率直な方だと、「硬いよね、米原さんの文章」「パリパリッと音立てて壊れそう」なんて言ってくださる。

そうなのだ。わたしの文章はギクシャクしていておそろしく硬い。H・Mさんみたいに自由自在縦横無尽に日本語が操れたら、どれほど幸せなことだろうとずっと憧《あこが》れつづけていた。そのH・Mさんご本人と昨年暮れに対談かなって、わたしの近著を褒めてくださったものだから、天にも昇る気持ちでフワフワと身体が浮いてしまい、下手するとこのまま昇天してしまうのではないかと心配になり、思わず椅子の手すりを強く握りしめたほどだった。でも、H・Mさんが、もちろん褒め言葉のつもりで、「きちんとした正しい美しい日本語ですね」とおっしゃった刹那《せつな》、わたしの身体は地球の重力を取り戻した。

そして、たしか塩野七生さんが、アラン・ドロンの食卓マナーがあまりにも完璧《かんぺき》なことが、かえってその出自の卑しさを証している、マナーを自家薬籠《じかやくろう》中の物にした人はもっと崩すものだ、というようなことをエッセーの中で述べているのを思い出した。

帰国子女のわたしには、まだきちんとした正しい日本語が精一杯。それを崩せるほどまでには身についていないということなのだと、深く肝に銘じたのだった。

言葉の力

締め切りを過ぎていると催促されているのだが、ひたすら虚《むな》しくて言葉が出てこない。かすかに希望を抱いていたのだ。戦争を止められるのではないか、と。メディアでは、国連安保理の権威失墜という論調が主流だが、むしろ機能しはじめたのではないか、世界最強の軍事力と経済力を背にしたアメリカの無理が国連の場では通らなくなってきているではないか、と。

しかし、ついに国連の同意を得ることなく、世界中でわき上がる反戦の声を無視して、ブッシュはとうとうイラク攻撃を始めてしまった。たちまち各局、右へならえしていつもの番組枠を押しのけアメリカ大本営が発表する映像を垂れ流す。テレビゲームさながら目標に命中するミサイル、地図を背に戦況を語る報道官のしたり顔、戦術や兵器の性能について蘊蓄《うんちく》垂れる軍事評論家。テレビは「戦争広告代理店」の意のままに今後も視聴者の脳みそをアメリカ大本営モードに洗脳していくつもりなのか。

鬱々《うつうつ》としているところへ、言葉の力を思い知らされた。一三歳の少女シャーロット・アルデブロンちゃんの、米国メーン州の反戦集会での演説がインターネットで世界を駆けめぐっているのだ。

「イラクの人口二四〇〇万人のうち、半分以上が一五歳以下の子供です。……女の子もいれば男の子もいます。髪も茶色だったり、赤毛だったり。しかし、みんなわたしと同じ子供なのです」

彼女の言葉は、空爆下で息をひそめ、戦争によって、殺され、家を焼かれ、不具にされ、孤児となる子供たちの姿を思い描き、その悲しみと恐怖と苦悩を思い遣《や》る想像力を呼び覚ましてくれた。ひたすら虚しいなどと言葉を詰まらせた自分が恥ずかしくなった。今からでも戦争を終わらせるために、言葉と心と体をフル回転させなくては。

無署名記事

新聞記事はすべて署名記事にすべきだ、と言い張る人が時々いる。誰が書いたのか分からない文章ばかりだから、無責任な内容の記事が氾濫《はんらん》するんだ。書いた人の顔が見えない文章だから、人の心に響かないのだ、と。

一理はあるのだけれど、そうかなあ、と思う。新聞記事にいちいち書いた人の顔が見えたら、うるさくて仕方ないではないか。一つ一つの記事に心動かしていたら、毎日の生活や仕事に支障を来してしまうではないか。

新聞が紋切り型だらけの文体から成っている効用として、激動する時代を伝えつつ同時に安定した日常性という足場を保障することではないか、と前に述べたが、もう一つ、紋切り型には、書いた個々人の人格を消し去る、という目的もあるのではないだろうか。昔、吉原独特の「ありんす」文体がお国訛《なま》りを消して、遊女の出身地を不明にしたように。新聞的文体によって、すべての記事が、記者個人ではなく、新聞そのものの記事になるのではないか、と。

たとえば公共の場でよくお目にかかる「喫煙厳禁」とか「ゴミは必ず分別して捨ててください」と記されたプレートに筆者の名前も署名も無いのは、それが個々人の見解というよりも、その場における一般的な立場＝常識を表しているからだ。

新聞の言葉もまた基本的には、公共の場の常識を伝えることを眼目としている。社説だって、もし署名入りだったら、曖昧《あいまい》な表現がもっと少なくなるだろうし、ハッとするような比喩や個性的な言い回しが増えるはずだ。

そして、新聞の地の文が無個性であるからこそ、記者が独自の視点を開陳する「記者の目」や、各分野の識者たちが自由闊達《かったつ》に自説を展開する「時代の風」や、それに、当コラムだって、ちょっとは引き立つのではないかしら。

読書にもTPO

美容院で読みかけの哲学書を開いたもののさっぱり頭に入ってこず、店置きの女性誌や漫画に手を伸ばす。普段は読まないのに、意外に楽しめた。それで洋服と同じく本にだってT（時）P（所）O（場合）があると気付いたのだ。

夕刊のエッセー枠にこんなことを書くのは、いかにも場違いなのだが、新聞は朝読むのに最適な印刷物のような気がする。いくら活字無しには一時とて過ごせないわたしでも、朝食のみそ汁をすすりながら、あるいはコーヒーを流し込みながら、小説やエッセー、啓《けい》蒙《もう》書に目を走らせる、という気分にはならない。それはきっと朝が、これから世間という生の現実世界に乗り出していく時間帯だからだ。新聞はその現実世界の輪郭を伝えるのを使命としている。

では雑誌はどうか。「文藝春秋」にせよ、「サンデー毎日」にせよ、納豆かけたご飯をかき込みながら、あるいはパンを齧《かじ》りながら読んでいる図、というのは、どうも様にならない。雑誌は昼食後の一服に向いている。現実世界に関わってはいるが、ちょっと距離がある。

朝のバイオリズムは新聞以外の印刷物を読むのに向いていないのだ。時間の適切でない使い方のような気がして、落ち着かないではないか。

そして、どうやら日が西に傾くにつれて本を読みたいという願望が強まってくる。真夜中寝床に潜り込む頃、それは頂点に達する。ちょうど現実世界からフェイドアウトしていく時間帯。心おきなく別世界に遊ぶことが出来る（では本なら何でもいいか、というと、寝床に横たわりながら詩集をという気にはならない。たとえ最愛の詩集だとしても、夜は散文の独壇場）。

朝でも満員の通勤電車の中で読書が向いているのは、おそらく同じ理由から。面白い本は不快な現実を意識からシャットアウトしてくれる。

仮名をめぐる謎

事件の渦中にいて、本人と特定されてしまったら危害が及ぶ可能性のある人にインタビューをするとき、あるいは犯罪組織のメンバーや元メンバー、関係者などからとっておきの情報を聞き出すようなときなど、顔の部分にモザイクをかけ、声も本人と分からないように周波数を変えて流す、という方法をテレビはよくとる。こういうとき、名前は、もちろん仮名である。

そこまでして本人を画面に登場させなくてはならないのは、語られる情報の信憑性《しんぴょうせい》を伝えるためなのだが、そこまで隠してしまうと逆に、本当に渦中の事件や組織の関係者なのか、まったくの別人の顔にモザイクをかけて声を変えて登場させても分からないではないか、と疑い出すときりがなくなることになる。

おそらく、そのためなのだろう、本人に危害が及ぶ可能性が低い場合、顔は決して画面に出さないが、声はそのまま、ヘアスタイルから服装、背後の風景までが鮮明に映される。ただし名前の後に括弧《かっこ》が設けられて（仮名）と記される。語る本人の顔を避けるためか、念入りに映し出されるネクタイの柄、握り締めるハンカチ、指輪、背景の街並みや事務所内の家具、書類などを見つめながら、いつも不思議に思うことがある。

これでは、いくら仮名にしても、本人が一番知られては困るだろう、家族や友人、隣近所や職場の人たちなど、身近にいる利害関係者に分かってしまうのではないか。

一方で、ネクタイの柄や指輪の色形、街の風景や事務所内の様子を目にしても、どこの誰だか皆目見当もつかない圧倒的多数の人々にとっては、たとえ仮名ではなく本名で登場したとしても、どうでもいいことなのである。

それとも、テレビ局は、取材対象者保護のために特別にネクタイやハンカチ、指輪を身につけさせるのだろうか。

綴りと発音

現代日本語には、基本的には聞こえるとおりに綴る、という原則がある。これに基づいて旧仮名遣いは駆逐され、拘《こだわ》る作家は今や絶滅危惧《きぐ》種となっているし、あれこれの語をどう表記し、どう読むべきか、放送局や新聞社の現場ではしじゅう紛糾している。一見単純明快な発音通りというのが、混乱の最大要因なのだ。発音には個人差、地域差があるし、変化もし易い。しかし、綴りは一度決められると一定期間変わらない。差がどうしようもなく開いた時に、なし崩し的に綴りが発音に追随していく。どこかの権威ある委員会や辞書がそれを追認するのだが、しばらくすると、また発音の方は綴りから離れていく。イタチごっこは際限ない。

それは漢字という意味を担う文字を持った宿命とも言える。音を表すことを任務とする仮名による綴りは、いくら変わっても構わないという暗黙の了解ができてしまった。

英語に見られるように、表音文字しか持たない言語においては、綴りと発音は無関係と言えるほどにかけ離れてしまう。それでも、彼らは決して、発音に合わせて綴りを変えようなんて発想はしない。そんなことをしたら、綴りが担っている意味を失ってしまう、というのだ。たとえば、ほぼサイコロジーと発音され psychology と記され心理学と訳される語は、綴りのおかげで、その中にギリシャ語のプシュケー psychē（心）とロゴス logos（学）を読みとることができて、語の意味をより把握し易く覚え易くしているのだから、と。

つまり表音文字とは名ばかりで、音を表していない。語の綴りが歴史と意味を、発音が現在を各々分担している。その証拠に発音記号なるものがある。日本語の仮名は文字と発音記号の間の中途半端な存在であるために、混乱に拍車をかけているのだろう。

新聞紋切り型の効用

新聞は不思議な読み物である。掲載される記事は必ずニュース（新しいもの）でなくてはならない。

テレビ・ラジオの番組表は当日のものでなくてはならないし、三日前の株価動向を報ずる株式欄なんてあり得ない。もちろん、関東大震災や日本のポツダム宣言受諾について今ごろ報ずる新聞はない。報ずるとしても、それは今現在の出来事との関わりで（行方不明になった関東大震災の被災記録を研究者が探し始めたとか、今日は日本がポツダム宣言を受諾して○○周年にあたるとか）取り上げられる。

これだけ情報の鮮度にこだわる活字媒体は無いのだが、その新しいことを伝える紙面そのものは、十年一日のごとく変わらない。一面上方にビッグ・ニュース、一面最下段にコラム、社説は二面か三面、テレビ欄は最終面、漫画はその手前の面、国際面も政治面も経済面も社会面もその定位置を微動だにしない。

何よりも、文体が新聞特有の紋切り型に満ちている。震災地には支援物資が「続々と到着」し、合格発表の掲示板の前には「飛び上がって喜び、笑顔で抱き合う生徒たち」がいなくてはならない。

そして、まさにこの旧態依然としていることこそが、殺到する情報の奔流にさらされる読者に、どんなに激動しようと人間社会は明日も明後日も続くことを保障してくれ、平常心を確保してくれているのではないだろうか。安定した旧《ふる》い枠組みがあるからこそ、どんどん新しい情報を流し込むことができるのだろう。「新しい葡萄《ぶどう》酒は、新しい革袋に」という諺《ことわざ》が、もっとも当てはまらないのが新聞なのだ、おそらく。

文学が旧いというか普遍的な真実を常に新しい方法で伝えようとするものとすれば、新聞は常に新しい真実を旧い方法で伝えようとしている、とも言える。

ねじれた表現

とあるシンポジウムで壇上の女性作家が口を開くなり、

「まったく主催者は何考えてるんだか。わたしはこんなふうに高いところから偉そうに話をするのが苦手な女なんです。嫌で嫌で仕方ないんです。そう申しましたのに、強引に押し切られてしまって……」

と述べたのでわたしはまず己の耳を疑った。心底嫌なのなら辞退すればいいのに。たとえ嫌だったとしても、義理があってか、しがらみのせいか、とにかく一度引き受けて壇上にのぼった以上、その台詞《せりふ》はないだろう。わざわざ貴重な時間とお金を割いて話を聴きに会場まで足を運んでくださった方々を愚弄《ぐろう》するに等しいではないか。主催者に対しても、他のパネリストに対しても失礼千万……と頭の中を憤怒《ふんぬ》の思いが駆けめぐる。

しかし、周囲を見回すと、面妖《めんよう》なことに、司会者も他のパネリストたちも、さらには会場のお客さんたちまでもが、さほど不愉快な顔をしていない。主催者が嫌がる彼女にそれでも依頼したということは、もしかして、彼女の真意が言葉とは裏腹にシンポジウム出演を望んでいた、少なくともさほど嫌ではなかったと見抜いていたからではないか、と思えてきた。

酒を勧められた男が飲みたくてたまらないのに一応遠慮してみせる一種の儀式のようなものかも知れないと。

おそらく彼女は目立つことを恥じ、遠慮を美徳とするようにたたき込まれて育ったのだろう。建前と本音の乖離《かいり》。恥じらいを表現したいあまりの傲岸不遜《ごうがんふそん》。心優しい聴衆は、それを思いやる度量を持ち合わせていたということか。

日本の年輩女性に多い、このような、聞き手の過分な配慮まで強いるねじれた表現を文化と呼ぶのだとしたら、わたしは野蛮人である。辞退を心からの本音なのか、単に体裁を繕っているだけなのか、未《いま》だに見抜けないのだ。

Ⅳ　欲望からその実現までの距離

何て呼びかけてますか？

金田一春彦先生によると、日本では伝統的に、家族の中の最も幼い者の立場から家族の成員の呼称が決まって来るということである。夫婦に子供が出来ると、お互いを「父ちゃん（あるいはパパ）」「母ちゃん（ママ）」と呼びあうようになり、子が長じて子（夫婦にとっては孫）が出来ると、「爺ちゃん」「婆ちゃん」と孫からだけでなく、子供とその連れあいからも呼ばれ、お互いそう呼びあうだけでなく自分のことを「爺ちゃん」と言うようになる。

たしかにこの伝統は極めて根強い。子供のいない友人夫妻がお互いを「父ちゃん」「母ちゃん」と呼び合っているので、不思議に思って尋ねたら、「だって、タバサや桃太郎の親だもの」という答えが返ってきた。タバサは猫、桃太郎は犬の名前である。

こういう言語習慣を持つ日本語に欧米の小説や映画やテレビ・ドラマを翻訳するときに困るのが、恋人や夫婦がお互いを呼び合う場面である。「ダーリン」ぐらいまでは人口に膾炙《かいしゃ》してきたからいいものの、直訳すると、「愛しい人」「可愛い人」にはじまって、「仔《こ》猫《ねこ》ちゃん」「小鳩ちゃん」「苺《いちご》ちゃん」「胡瓜《きゅうり》ちゃん」等々やたら身近な動物や食べ物に喩《たと》えた呼び方が多いのだ。映画の字幕を見ると、そういうところを、「オイ」「ねえ」で切り抜けているのが多い。日本語では、その方が自然なのだから正解だと思う。

さて、とあるレストランで、三組のカップルが同じ食卓を囲んでいた。アメリカ人の夫が妻に呼びかけた。"Give me the honey, my honey !"（蜂蜜《はちみつ》を取ってくれないか、僕の蜂蜜ちゃん）

イギリス人の夫が妻に呼びかけた。"Give me the sugar, my sugar !"（砂糖を取ってくれないか、僕のお砂糖ちゃん）

日本人の夫も妻に向かって、「ハムを取ってくれないか……」と言いかけたものの、口をつぐんでしばらく考え込み、それから付け足した。「僕の仔豚ちゃん」

進化と退化はセットで

エストニアとロシアとの国境沿いにチュドという名の大きな湖がある。大小無数の島があり、その一つで一九七〇年代に面白い実験が行われた。猿の大群が放たれたのである。アフリカ生まれの野生の猿もいれば、動物園育ちもいる。種類もチンパンジーからオランウータンまで実にさまざま。共通するのは、どの猿にとってもこのロシア北部の自然の中で暮らすのは初体験だったこと。従って、この地域の植物にも動物にも全く馴染《なじ》みがなかった、ということ。

木の実や茸《きのこ》、虫や小動物など種類も豊富なのだが、毒性の強いものは七、八〇種あり、また毒性は無いが、食べられないものは七、八〇〇種にのぼった。

ところが、生まれも育ちも血統も異なる猿たちの一匹たりとも、有毒な、あるいは食用に適さない茸や木の実や昆虫や小動物を一切口にしなかった。猿たちは、教えられたわけでもないのに、無毒の、しかも栄養分の高いものを選び取って口に運んでいたという。

わずか五〇〇万年ほど前に、猿から枝分かれした人間は、今やこの素晴らしい峻別《しゅんべつ》能力を失ってしまった。数千、数万の食品に日常的に囲まれていながら、その毒性や品質や生産地などについて、ほとんど何も知りはしない。そもそも圧倒的多数の人々は、食うために働くのだが、それで金を稼ぎ、その金で食料を調達するという生き方をしていて、食材を獲得するプロセスに直接関与していないのだから無理もない。食材確保から食物摂取までの距離はますます遠のいているためにラベルやブランドに頼るしかなくなったまさにその時、ブランド企業が牛肉に偽ラベルを貼っていた件が明るみに出た。それが例外ではなく、他の企業や他の食品分野で同様の手口が用いられていたことが次々に暴露されている。ここまでラベルが信用できなくなると、もしかして、猿時代の食材峻別能力が甦《よみがえ》ってくるのではないかと期待してしまうではないか。

年賀状と記憶力

年賀状の送り主の名前からどうしても顔が浮かばないことが多くなった。しかも年ごとにその数が増えているのだから情けない。ドイツ語には、普通の記憶力と区別してNamen-gedächtnis（名前を記憶する力）という語がある。これが錆《さ》び付いてくることこそが老化の兆候であるのは、周知の通り。年賀状を眺めつつ、いよいよわが動脈も硬化してきたなと自覚を新たにするのが、ここ最近、年頭の恒例行事になっている。

それでも悪あがきと知りつつ言い訳を考えてしまうのは、五一歳という中途半端な年齢のせいかもしれない。「齢《よわい》四〇にして惑わず」と言われた頃に較べると、日本人の寿命は確実に五〇パーセントは延びていて、ついでに成熟年齢も遅くなっているのではないかしら。だから先の成句も現代語には、「齢六〇にして……」と翻訳すべきなのだ。さて、言い訳である。

①まず年を経るほどに知人友人の数が増えていくのだが、その一方で記憶容量には限界がある。

②記憶の引き出しから記憶したものを引っ張り出すには、とっかかりが必要だが、名前には論理的必然性も物語の文脈も無い。たとえば、人が良くて甘いものに目がない優秀な四八歳の皮膚科医であることと、その人の名前が佐藤美智子であることとは、全く関係づけができないのだ。

③それだけ名前を記憶するのは難しいわけで、多数の人名を記憶するには特別な才能か、並々ならぬ努力を要する。だからこそ、エライ人が自分の名前を正確に呼んでくれたときの感動はひとしおで、人心掌握が事業の成否を決する政治家や宗教団体の指導者にとっては、名前を覚えることが仕事とも言われるではないか。ちなみに、スターリンは二万人もの同志たちの名前と顔を正確無比に覚えていたらしい。もっとも、そのほとんどを抹殺してしまったが。

というわけで、わたしの人名記憶力が衰えているのは、そんな野心も下心も無い証拠なのだ。

生命のメタファー

なぜ人は花を愛でるのか。美しい花にときめいたり切なくなったり嬉《うれ》しくなったりするのはなぜなのか。花はなぜ人の心をざわめかすのか。臨死体験者が語る死後の世界は、なぜお花畑なのか。

花屋の宣伝惹句《じゃっく》には、ほぼ決まり文句のように、

「花は命のシンボル」

と謳《うた》われている。百科事典や辞書もまた同じ事を、ただしもっと学識豊かにのべている。

「花は人生の最盛期を象徴し、春に特有な生命力の発現や出産のメタファーにもなり、豊穣神の持物、想像力や生産力のシンボルとして、古くから崇められてきた。多くの古代民族は神の祝福を得る手段として花冠や花輪を身につけた。神の住いを花園とする考えもこれに由来する」

要するに、人は花に生命の発露を確認するからこそ心華やぐというのだ。

本当にそうだろうか。

水分と陽光を帯びた種からいつしかあらわれた根は土壌奥深くに四肢を張り巡らして地中の養分とともに雨水を吸い込み、やはり種からあらわれた芽は太陽の光を捉《とら》えて天に向かって育っていく。伸びていく茎には、いつのまにか葉が次々にあらわれる。この辺りはまさに生命の発露。

茎の最先端に蕾《つぼみ》があらわれ、ようやく花びらが開いていく。花が咲く。

花は特別な存在だ。根にも茎にも葉にもぜんぜん似ていない。花は植物の色である緑色をしていない。緑色の花なんて聞いたことがないではないか。

花は植物の生の頂点であり、だからこそ、きっと美しいのだ。花の後にはもう何もない。後に残されるのは、次に新しい花を咲かせるかも知れない種だけ。花は枯れ、茎は干涸《ひか》らび、葉は黄ばみ、根は地中で腐り果てる。

死はまるで生に似ていない。でも死こそが生の完遂。死に区切られてこその生。

昔から人は神（運命と言い換えてもいい）から与えられた命に感謝こそすれ、同じ神から与えられる死は呪ってきた。しかし、遅かれ早かれ生きとし生けるものには蕾が開き花が咲く瞬間が訪れる。

死こそは、生の全体像を見渡せる唯一の地点で、まさに生の意味を悟るこの上ないチャンスなのだ。その無意味をもっとも鋭く感知できるチャンスでもある。

結局のところ、花は何よりも新しい種を生み出すために必要なのだ。花の美しさにそれ以上の意味はない。しかしまた受粉しなかった花も、種も残さずに枯れて朽ち果てていくのを避けられはしない。

愛する女に花を贈る習慣は、愛のみが生を少しばかり豊かにし生の完遂の先に新たな生の可能性を添えてくれることを思い起こすためなのかもしれない。

もちろん、華やかな花束に死の気配を感じ取るのは難しい。でも、たった一人になったとき、花束が美しければ美しいほど、目には見えない死の存在に気付かずにはいられない。虚空としての、あるいは永遠性としての死に。そして、生を極めた美としての死に。

葬儀に花を手向ける風習は、生の頂点こそは完結でもあることのメタファーなのではないか。

ちなみに、人類の花とのつきあいについて最古の痕跡《こんせき》が確認されたのは、イラク北部のシャニダールの洞窟《どうくつ》でのこと。六万年前の旧石器時代の地層で、埋葬されたネアンデルタール人が発見され、ヤグルマギクやノコギリソウやタチアオイなどの花が手向けられていたのだ。

旧石器時代人が求愛の印に花を贈ったかどうかは、まだ確認されていない。

皇帝殺しと僭称者の伝統

ロマノフ朝は、一六一三年から一九一七年までの三〇〇年間にわたってロシアに君臨した。その間に即位したのは、一八人。どこの国でも権力の座をめぐる争いは血なまぐさいものだが、歴代皇帝たちのほとんどが、前帝あるいはライバルの暗殺または暗殺の噂に絡んでいるという、いわく付きであるところが何ともスゴイ。皇帝殺しは、ロマノフ家の伝統なんじゃないか、と思いたくなる。

そもそもロマノフ朝の発足そのものが、イワン四世、またの名をイワン雷帝が後継者で実の息子のイワンを殺してしまったことに始まる。これで、九世紀からロシアを支配してきたリューリック朝は途絶えてしまい、動乱期を経て、イワン雷帝の妃アナスタシアの甥《おい》っ子ミハイル・ロマノフが帝位についた。

これがロマノフ朝の始まりで、有名どころを眺めるだけでも、その絶頂期を創ったピョートル大帝は異母兄イワン五世とその姉ソフィアを暗殺して帝位を独占したし、後継者で実の息子のアレクセイを拷問の末殺している。ドイツから嫁いできたエカテリーナ二世は、夫のピョートル三世を毒殺して玉座に就いた。その息子パベルはクーデターにより廃位、暗殺され、アレクサンドル二世はテロリストに殺されている。

だからこそまた、自分こそは暗殺されたと噂されてはいるが実は奇跡的に生き延びた真の皇帝である、と名乗る僭称者《せんしょう》たちがあとを絶たなかった。さすが、写真技術もDNA鑑定も無い頃のこと、ロマノフ朝の三〇〇年間に、その数なんと六〇〇人にのぼる。

これもまた有名どころだけ挙げると、一七世紀最大の農民蜂起《ほうき》の首領ステンカ・ラージンは、部下にアレクセイ皇帝を僭称させ、その男を帝位に据えて権力を奪取しようと試みていたし、一八世紀最大の農民蜂起の首領プガチョフは、自分のことをエカテリーナ二世に暗殺されたピョートル三世であると吹聴していたと伝えられる。

この僭称者の伝統が、二〇世紀に入ってからも続いたのは、御存じの通り。その発端になったのは、一九一八年七月一六日の深夜、ウラルの麓《ふもと》のエカテリンブルク市に幽閉されていたロマノフ朝最後の皇帝ニコライ二世が妃アレクサンドラ、四人の王女と王子アレクセイとともに革命政権によって銃殺されたことである。

一九二〇年二月、ベルリン市警は、市内を流れる川に投身自殺をしようとした女性を保護した。前後不覚のまま病院に運ばれた女性は意識を回復すると、自分はニコライ二世の王女アナスタシアである、と名乗った。女性が、皇帝一家の生活と最期についてかなり詳細に知っていたこともあって、以後マスコミと世間は、大騒ぎになる。当時は、ニコライ二世の従妹のキリルが皇位継承権を主張していたため、これに反発する他のロマノフ家親戚筋の幾人もが、「アナスタシアは本物だ」などと証言したために、混乱に輪をかけた。彼女は一九八四年に亡くなる日まで、各国の捜査機関や、裁判所や、専門家たちを翻弄《ほんろう》し続けた。ようやく死後一〇年経った一九九四年のDNA鑑定によって、アンナ・アンダーソン（これが彼女の本名）がロマノフ家に繋《つな》がる可能性は無いと判明した。

アンナはゴマンと現れた偽アナスタシアの一人に過ぎない。もっとも、偽アレクセイの数は、それを凌《しの》いでいた。

最近、ロシアで騒がれているのは、一九八八年に亡くなったワシリイ・フィラトフなる中学の地理教師の話。片足が不自由な謎の多い人物で、晩婚。己の過去については近親者にもほとんど語らず、語ったとしても比喩《ひゆ》的、寓話《ぐうわ》的表現に終始した。しかし、死後、ワシリイの子供たちは、さまざまな状況からして、彼こそは奇跡的に生き延びたアレクセイ王子に相違ない、という結論に達し、多くの研究者や人気作家のラジンスキーがそれに同調している。

もっとも、そう主張する人たちの誰一人として、アレクセイ王子が血友病を病んでいたにもかかわらず、銃殺で傷つきながら逃げおおせたことを合理的に説明できないでいる。

このような伝説が生まれるのは、革命政権による皇帝一家の処刑が、あまりにも凄惨《せいさん》だったせいで、何とか救いを見出したい、不公正を是正したいと願う思いが人々の心に宿るせいだろう。革命政権が、皇帝一家の処刑に関する一切を、国家機密扱いにし、分厚い虚偽のベールで覆ったことが、さらに謎を呼び伝説を助長した。

ロマノフ朝最後の皇帝一家惨殺によって、帝政は終わりを遂げたが、権力をめぐる血塗られた闘争の伝統は、ちゃんと革命政権にも受け継がれた。これは歴史の皮肉としか言いようがない。

絢爛《けんらん》豪華なロマノフ朝の財宝は、権力と武力、経済力の証《あかし》には違いないが、決してその持ち主たちの愛と幸せを、ましてや安泰を物語るものではない。財宝がきらびやかであればあるほど、これにしか確かな拠《よ》り所をもてない、疑心暗鬼に怯《おび》える皇帝たちの殺伐とした心象風景を想起させるのである。

理由には理由がある

アルメニアの都エレバンを訪れた時、丘の上に立つナヒチェバンの碑に案内されたことがある。二〇世紀初頭に青年トルコ党による大虐殺があり、その犠牲者を悼む碑。一五〇万人が殺され、一五〇万人が国外に離散した。その後もアルメニアは受難の道を歩む。アゼルバイジャン（トルコ系）とのナゴルノ・カラバフをめぐる民族紛争は凄惨を極めたし、旧ソ連トルコ系の人々のアルメニア人に対する憎悪はすさまじい。一方的に苛《いじ》められているみたいで、長いあいだ可哀想だなあ理不尽だなあと同情していた。大国ロシアの支配下で苦しんだ者同士、もう少し仲良くできないのかしら、と。

ところが意外にも、かつてロシアに支配された小国の人々は、ロシア人に対しては好意的なのだ。その分、小民族同士は反目し合う。

戦前、共産主義者としてモスクワへ渡り、一七年強制収容所をたらい回しにされて、それでも生き残った寺島儀蔵という人が回想記を書いている。その中で、囚人、看守いずれも多種多様な民族構成なのだが、ロシア人だけは一切民族差別しない、他の民族出身者は必ずするのにと感心している。

　ある日、別な本でロシアは異教徒のトルコ系民族を支配するのに、自分たちと同じキリスト教正教会のアルメニア人に任せていたという記述に巡り合った。

　そうか、直に支配を履行する彼らは本来ロシアが買うべき恨みを全部引き受けさせられていたのか。長年の理不尽の謎が解けたこの時以来、今世界中で勃発《ぼっぱつ》する民族紛争や、地域紛争で直接憎悪し、殺し合う人々を今現在の論理のみで裁いてはならないと思うようになった。その背後に、おそらくもっと大きな理由と、そのまた理由が幾重にも潜んでいるに違いないのだから。

物不足の効用

星野博美さんは、『転がる香港に苔は生えない』で昨年度（二〇〇一年）大宅壮一ノンフィクション賞を受賞した作家であると同時に、優れた写真家でもある。当然ながら著書の表紙には自前の写真を用いている。いくら見ても見飽きない魅力的な写真。だから、お会いしたときには開口一番、「あの表紙の写真には、何枚フィルムを使いましたか？」とたずねた。「三、四枚ぐらいです」という答えに、「エッ」と耳を疑った。私の知る日本人写真家たちの中では驚異的に少ない。無駄にするフィルムの数が、である。

ある雑誌の依頼でロシアに長期取材旅行をしたときに、一〇人ほどにインタビューして記事を書いたことがある。インタビュー相手の顔写真は、その度に別のプロカメラマンが同行して撮ってくれたので、図らずも日本人二人、ロシア人二人の写真家の仕事ぶりを身近に観察する機会を得た。そして門外漢の私にさえ一目瞭然《りょうぜん》たる違いを発見できた。

それは、たった一人の人物を撮影するのに、日本人は三六枚撮りフィルムを三本ほど消耗するのに対して、ロシア人はシャッターを二回しか押さないことである。彼らにとってフィルムは高価な貴重品なのだ。つまり、出来上がった最終作品は、前者は一〇八枚の中から選ばれた一枚なのに対して、後者は二枚中の一枚になる。なのに、写真そのものの出来は、後者の方が圧倒的に優れているのである。対象人物の本質をえぐり出すような迫力のある表情を捉えているのだ。

「おそらくフィルムを惜しげもなく消耗できるカメラマンは、その分、集中力が薄まってしまうんでしょうね」

そう結論する私に肯《うなず》きながら星野さんが言ったことが忘れられない。

「メーカーがタダで写真家にフィルムを提供するからそうなるんです」

機内食考

機内食について言えば、エールフランスとかアリタリアなど、料理が美味《おい》しいと評判の国の飛行機ほど、ガッカリする。機内食が美味しいのは、ルフトハンザとかSASとかKLMとか。ドイツ、北欧文化圏。日常の食事が機内食みたいなものだから、まずくなりようがないってことに気付いた。ただし、ルフトハンザやSASの機内食が美味しいのは、エコノミークラスでのことで、ビジネスクラス、ファーストクラスと「高級」になるにつれ、エールフランスやアリタリアと同じ運命をたどる。地上でご馳走《ちそう》と考えられているものを出そうとするから失敗するのである。機内食には、機内食としてのアプローチが必要だということだ。

なお今では日本の航空会社だけでなく、他国のナショナル・フラッグの機内でも、日本乗り入れ便は和食を出す。これが、美味しかった例しがない。そろそろ、飛行機の中で懐石料理を出すなんて、諦《あきら》めて欲しい。だいたいご飯がいけない。一度炊いて冷やしたものを電子レンジやヒーターで温めたら、こうなるに決まっている。それより、日本には、冷たくなっても美味しくご飯を保つ誇るべき伝統があるではないか。駅弁という。これには、わたしより先にポーランド航空が気付いていた。東京―ワルシャワの往復チャーター便で、何とこの駅弁を配って大好評だった。

ファーストクラスでも懐石などやめて、駅弁を出したら？　そう航空会社に勤める友人に提案したら、「あのね、ファーストクラスに乗るような人はもともと機内食なんか期待していないの。ほとんどの人がパスするもの。美味しいものは、飛行機を降りてから食べるのよ」と、こちらの情熱に水を差されてしまったのだった。

氷室

真冬に湖や池から切り出した氷を籾殻《もみがら》やおが屑《くず》などの断熱材を敷き詰めた氷室という洞穴に保管する方式を、すでに四世紀の日本人が知っていたことはよく知られている。それから一六〇〇年後のわたしの子供時代もまだ、家の冷蔵庫は夏だけ活躍する氷室タイプだった。

サイズは高さ一メートル、幅奥行き六〇センチぐらいだったか。分厚い密閉式扉を開くと、中は二段構えになっていて、下の段には氷の大きなキューブがドカンと構えている。この氷が庫内スペースの半分を占めていて、溶けるときに周囲の空気を冷却する、その冷気によって庫内を冷やす仕組み。上の段には冷蔵すべき食べ物が置かれた。下段の下に受け皿があって、そこに氷のなれの果ての水がたまるので毎日、氷屋さんが届けてくれる新しい氷を収める前に、受け皿を空にしなくてはならない。怠ると、床が水浸しになる。ひどく手間がかかるし、その割に庫内の有効スペースは限られていて、西瓜《すいか》を冷やしている場合は、ビールの冷却は諦めなくてはならない。貴重な、宝物のような空間だった。

　ところが中学に入学する頃には氷室型冷蔵庫は跡形もなく姿を消していて、電気冷蔵庫が当たり前の顔をして万人の必需品になっていた。どんどん大型化し安くなって、今や電気冷蔵庫なしの生活なんて考えられない。氷室型みたいに氷が溶けて出る水に悩まされる人は皆無。でも、よくよく考えてみると、電気を生産するために何かを燃やして地球を暖めているのだから、氷河が溶けて海水のレベルは上がっている。やはり、氷室という構造は変わらなかった。ただ規模が、途轍《とてつ》もなく大きくなって、直接目にしなくなっただけのこと。

ゾンビ顔の若者たち

生気のない無表情ないくつもの顔が無言でわたしを見るともなく見つめている。恐い。逃げ出したいのを必死でこらえながら、いつも受けまくる冗談を一発かましてみる。これで会場はドッとわく、ということは全くなくて、ひょっとして自分は話したつもりになっているけれど、実は何も言葉を発していなかったんじゃないだろうか、と錯覚するぐらいに聴衆の表情は露ほども変わらない。まるで非生物に向かって話しているような手応《てごた》えの無さ。マネキンでも並べたのだろうか……。

念のため、一週間ほど前、別なところで話したとたんに会場が文字通り抱腹絶倒して収拾がつかなくなり、皆が落ち着きを取り戻すまで五分間ほど話を中断せざるを得なくなった、そういうとっておきのジョークを披露する。ようやく会場のあちこちからクスクスという遠慮がちな笑いが漏れ聞こえてくる、ということはやはりない。ウサギか金魚に向かって話した方がまだ反応があるのではないだろうか。

冷ややかな反応というのならまだいい。そこには少なくとも意思や感情がある。それが微塵《みじん》も感じられないのである。

こういうことが何度かあってから、わたしは講演を依頼される度に、予定されている聴衆の平均年齢を尋ねるようになった。そして三五歳以下なら、お断りすることにしている。それは、以上の体験から、わたしが面白くて可笑《おか》しいと感じることが、若い人たちとはどうやら共有出来ないらしい、と思い至ったからに他ならない。

ところが、このことをわたしが打ち明けると、大学で教えている友人たちは、決まって反論してくる。

「それは、彼らが感じていないんじゃなくて、感じていることを表に表すことを極端に恐れているせいなんだよ」

「そうかなあ、みんなゾンビみたいに同じ顔をしていて不気味なのよ」

「だからそれは、仮面なんだってば。鎧《よろい》を被《かぶ》せているのよ、心に」

今の若者たちは、幾重もの仮面を被って、自分の真の顔を他人に悟られないよう構えている、というのだ。赤の他人や教師にだけでなく、自分の親にまで。

世界的チェロ奏者で指揮者のロストロポーヴィッチさんが、ヤマハ音楽教育システムの中から育ってきた超優秀な日本の若い音楽家たちを教えるマスタークラスの指導をする際に、しばしば通訳を頼まれる。

ピアニストも、作曲家も、バイオリニストも、演奏そのものはパーフェクトで非の打ち所がない。演奏後は拍手が鳴り響く。なのに彼らときたら、演奏中も、拍手に対して感謝のお辞儀をする際も、顔は思いっ切り不機嫌を固定化させた無表情なのである。わたしが講演先で出会うのと同じゾンビ顔。

「なんでよりによってそんな石像みたいな強《こわ》ばった顔したままなんだ！　音楽する喜びが君にはないのかね⁉　演奏を聴いてもらえる嬉しさが込み上げて来ないのかね⁉　それを顔に出せ、出すんだーっ！」

とロストロポーヴィッチは熱弁をふるうのだが、もちろん一朝一夕に変わるものではない。その場では懸命に作り笑いをこしらえる子供たちも、次の機会には、再びゾンビ顔に戻っている。

日本人が他の国の人々に比べて、喜怒哀楽を表さないことは、しばしば指摘されている。阪神大震災のときも、大袈裟《おおげさ》に嘆くのではなく黙々と悲しみを受け止めている被災者の姿が健気《けなげ》で、諸外国の特派員たちの感動を呼んだ。

しかし、若者たちの無表情、無反応は、日本人特有の文化で説明しきれるものではないような気がする。

同じわたしの講演先でも、四、五〇代以上の男女が聞き手である場合、ゾンビ顔にはほとんどお目にかからない。感度極めてよくて、よく笑い、よく泣き、とにかくにぎやかだ。

となると、若者たちの無表情の理由は？　とつらつら考えていたら、ある犬専門雑誌の編集者が、かなり不気味なことを教えてくれた。

「最近は、飼い犬が散歩中、他の犬と出会っても全く無反応なのが増えてきているんです。人の中で育ち暮らしていて犬同士のコミュニケーションが出来ないらしいんですよ」

最良の教師

今でも発展途上国では、子供は重要な労働力として、家族からも社会からも当てにされている。子供の労働を禁ずる法律が導入されるのは、二〇世紀後半になってからで、それも先進国に限ってのことである。それ以前は、はるか遠い昔から、世界の圧倒的多数の地域で、子供たちは、ごく当たり前に大人たちと肩を並べて働いてきた。従って同じぐらいに、はるか遠い昔から、働き者と怠け者がいた。

だから、プラトンもアリストテレスも、なぜ同じ条件のもとに置かれながら、勤勉な性格と怠惰な性格の人間ができるのか不思議に思い、若者の教育方法との関連でずいぶん真面目に考察している。たとえば、アリストテレスは、音楽によって勤勉な若者を育てる方法を探求してたりする。

この問題には、近代フランスの哲学者たちもさかんに関心を寄せ、さまざまな説や理論が活発に交わされてきた。ただ一つ、彼らが一致して認めていたことがある。それは、フランス一を誇るサボイ地方の人々の勤勉さは、気候風土の厳しさ、生活条件の困難がもたらしたものだ、という点である。

換言すれば、欠乏と必要性、要するに満ち足りていないことこそが人を懸命に努力させ頭と肉体をフル回転させる最良の教師なのではないか、と。

三重苦のヘレン・ケラー、アルバニアの極貧家庭に生まれたマザー・テレサ、学校を劣等生で中退したエジソン……偉人たちの伝記を思い出すと、まさに右の真実を裏付けるような、マイナスをプラスに転じていく生き方の見本に充ち満ちている。不足こそが、それを満たそうとする活力の源になっているのではないか、と思えてくる。

もっとも、この真理については、偉い学者が云々するよりもとうの昔に世間はお見通しなのだ。その証拠に、民衆の知恵の結実ともいうべき諺《ことわざ》は、

「必要は発明の母である」

と戒めている。

ただし、一八世紀のフランスの哲学者にして教育学者のルソーは反語法を用いて、これをもっと印象的に表現してくれた。

「子供をスポイルするのは簡単だ。彼が欲しがる玩具を全部買い与えてやるがいい」

と。何だか、モノに溢《あふ》れる二一世紀初頭の日本に住むわたしたちのことを言われているようで、ゾーッとしないのだけれど。

頭の良さとは

「まあ、なんてお利口なんでしょう」

「うんうん、なかなか感心なヤツだなあ」

わが家の門の前を通り過ぎる人たちが、時折立ち止まり、声に出して感心していることがある。それが若い女の子だったりすると、次のような奇声になる。

「わーウッソー」

「キャーッあったまイーッ」

それは決まって、庭に放し飼いにしている三頭の犬たちが、自分たちに通行人から関心が寄せられたのに気を良くして、目一杯愛想良く尻尾《しっぽ》を振りながら門の近くまで駆け寄っていき、犬を見ると馬鹿の一つ覚えで人間たちが発する、「お座り!」「お手!」という命令に聞き分けよく従った時だ。

ほとんどの人は、犬や猫の頭の良し悪しを評価する際に、人間を基準にしている。ヒト語が理解できるとか、人間に言われたとおりに行動するとか、人間に都合よく従順であるほど優秀だと思い込む癖がある。おそらく、地球上の生命あるものの霊長である人間の知能が動物の中では抜きん出て発達しているのだから、人間の頭脳に近いほど「頭が良い」と判断するのだ。

だから、人間の言葉を理解しようとせず、寄りつきさえしない野生動物は「頭が悪い」と思いがちだ。実はわたしも長い間そう思ってきた。狼よりも犬の方が、山猫よりも家猫の方が、猪よりも豚の方が賢いはずだ、と。

ところが、考古学者の佐原真さんが書いた『騎馬民族は来なかった』という本を読んでいて、「かつてはジャッカルがイヌの起源説だったが、今は否定された。家畜化すると、野獣の七割くらいに脳の重さが減ってしまう。ところが、ジャッカルの脳はもともと軽いからイヌの祖先にはなり得ない。オオカミはイヌより大きな脳をもっている。こうしてイヌがオオカミからできたといえるわけだ」というくだりに、わたしの「頭の良さ」に関する考え方はひっくり返った。

身の安全や日々の食事など根源的で切実な問題を自分の知能と体力をフル回転させて懸命に生きている野生動物の方が、その全てを人間任せにして、そのために頭脳も身体も使わない家畜よりも、脳が発達しているのは当たり前なのだ、と。

そして、それは人間についても当てはまる。過保護で従順な人よりも、独立独歩で自力で生きる人の方が頭を使わざるを得ず、それだけ頭脳も優秀になるはずだ、と。

欲望からその実現までの距離

「文化はますます強力に四方八方から子供に浸透しようとしている。しかし、文化的な営みは、どんどん子供から遠ざかっていくばかりである……パンは金で買うようになり、靴の修理は靴屋がしてくれ、病気を治すためには医者がいる。それに、どの工房にも貼り紙がしてある。『部外者の立ち入り禁止』と。たしかに、子供たちが工房にやって来ても複雑でやっかいな工程を理解できるはずもなく、ただただ危なっかしくて、そこで働く人々の邪魔になるだけだ。というわけで、残るのは家事ということになる。しかし、家事仕事そのものも年々軽減されていく傾向にある……」

右の文章は、F・ハンスベルグというドイツの教育学者が記したものである。ハンスベルグが活躍したのは、蒸気機関車が普及し始め、最初の自動車があらわれた頃、すなわち一九世紀末から二〇世紀初頭にかけてのこと。すでに一〇〇年以上も前に、心ある大人たちは、子供たちが大人たちの仕事から遠ざけられることによって、換言すれば、社会と経済の実際のプロセスが子供たちから隠されてしまうことによって、子供たちに生じるだろうマイナスの変化について本気で憂えていたようである。

子供たちが最も人生の知恵（これを「文化」という）をよく学ぶことができるのは、隔離された教室内での理論学習からではなく、大人たちとの共同の労働を通してであることは、多くの教育学者が指摘してきたことだが、それは、仔猫を観ていても分かる。親から早期に引き離されケージに閉じこめられ、お腹が空《す》くとエサを与えられて育った仔猫は、たとえ大人の猫たちが巧みにネズミを捕まえる様を何度も見る機会に恵まれていたとしても、決して自力で捕まえる術を習得することはできない。

それを身につけるには、最低でも毛玉を追いかける経験が必要だし、大人の猫と一緒にネズミを追いかけた経験があれば、なお良い。こうして、猫の文化は、親世代から子世代へと受け継がれていく。欲望とその実現までのプロセスこそが文化なのだ。ところが、この欲望とその実現のあいだの距離が、ハンスベルグが嘆いた一〇〇年前よりもさらに短くなっている。いや、限りなくゼロに近付いている。本当は手間ひまかけて作ることが喜びでもあったはずなのに、それがどんどん省かれて、商品化されている。お茶は缶やペットボトルだし、魚は骨を抜いた切り身で売っている。わたしたちの能動的な力が奪われるだけではない。お茶の淹《い》れ方、魚のさばき方など、日本人が代々受け継いできた文化が失われていくのである。

V　ドラゴン・アレクサンドラの尋問

わたしの茶道&華道修業

「娘十八　番茶も出花」

と喩《たと》えられるようなうら若き乙女時代がこのわたしにもあった。母がいちいちわたしの言動に口うるさくなったのは、その頃である。幼年期にきちんと行儀作法を娘にたたき込まなかった自分の落ち度を棚に上げて、ことある毎に、

「どうもお前は人間ががさつでずぼらにできている。立ち居振る舞いにも、言葉の端々にも神経が行き届いてない。これじゃあ、どこへ出しても恥ずかしいったらありゃしない。お花やお茶をやったら、ちょっとはましになるんじゃないかね？」

などとノー天気にアドバイスする。こんな言われ方をして素直に応じる性格には、もちろん、育っていなかった私であるからして、

「ふん、金輪際、お茶やお花なんかやるものか！　がさつでずぼらも個性の内だわ」

と猛然と反発し、がむしゃらに自己肯定の論理をひねり出しながらも、潜在意識の下のまた下の辺りでは、

「そうだよなあ。訓練された立ち居振る舞いには無駄を削《そ》いだ美しさがある。見ているだけで気持ちいいもんなあ。生け花だって、達人が生けると、そこだけ別な風が吹いているような爽快感《そうかい》がある。そういう技を母の知らない内に身につけて悔しがらせてみてみたいものだ」

と夢見ていたのだったが、時は徒《いたずら》に過ぎていき、そんな「夢」などすっかり忘れた頃、つまり番茶なら摘み取られ、乾かされて袋に詰められ幾匙《きじ》か掬《すく》って急須に入れられお湯を注がれる寸前ぐらいの頃、その機会が降って湧いたように向こうからやって来た。

ゴルバチョフが登場しペレストロイカが開始されて日本とソ連の交流が活発になってきた時期だった。文化交流の一環として茶道の××家お家元が、二百余名ものお茶のお師匠さんたちを引き連れてモスクワで大茶会を開く。ついては、案内パンフレットの翻訳と同行通訳を引き受けてくれないか、というお話があったのだった。

「ふむふむ、仕事の準備という名目で、日本の誇る茶道のイロハを身につけてしまおう。一挙両得だぜ、フフフフ」

とこみ上げてくる喜びを必死で押し隠しながらわたしはこの仕事を引き受けた。わたし以外にも三十余名のロシア語通訳者たちが、

「わーっ、日本文化を紹介できるお仕事なんてステキ!」

と喜び勇んで引き受けたのだった。

モスクワ大茶会は大成功裏に終わり、気をよくしたお家元およびお師匠さん方御一行は二度目のモスクワ行を決意した。

一度目に同行した通訳者に再びお声がかかったのだが、何とわたし以外の全員が断った。異口同音に二度とお茶のお師匠さんに同行するのはイヤだと言う。顧客には随分我が儘《まま》勝手な人、恥知らずな人、傍若無人な人がいるものだが、お茶のお師匠さんたちに較べれば、だれもが礼儀正しく心優しく思えてくる。息を呑《の》むほど優雅な着物姿、身のこなしは、お点前の最中だけのこと、一緒にその場にいるのが居たたまれないほど、普段はずぼらがさつこの上ない人種である。これが、数多《あまた》の職業人に接する機会を持つ通訳者たちの茶道のお師匠さんたちに関する一致した見解だった。

「エルミタージュ美術館の後期印象派のホールのど真ん中でいきなり、『水が飲みたい！』とダダこね出すんですよ。もう情けなくて恥ずかしくて……」

過度な期待があった分、失望も大きかったのだろう。

相前後して○○流華道お家元の訪ソ、実演展示会があり、今度は余り期待もせずに引き受けたほぼ同じ顔ぶれの通訳者一同、さらに怒り狂ったのであった。その憤慨のほどは、わが同僚の、

「あれは、日本の誇りじゃなくて恥だわ」

という言葉に端的に表現されている。

しかし、そのおかげで、わたしは乙女時代から持ち越した茶道と華道に対する根強い劣等感から解放されたのだった。

お茶もお花も流派に捉《とら》われずに、美味しく点《た》てればよし。美しく生ければよし。そのための理論や型は身につけた方がいいに決まっているが、それでがさつでずぼらな性格まで直そうなんて欲張りなことを考えてはいけない、と。

花はサクラ

二〇代後半から三〇代前半にかけて、ある大学でロシア語を教えていたことがある。通訳の仕事が忙しくなって辞めることになり、授業最終日に学生たちが花束を贈呈してくれた。みごとなデンドロビウムに霞草《かすみそう》をあしらった豪勢な花束を抱えて教員控え室に入るなり、H先生が毒づいた。

「ふん、蘭《らん》でしょう、それ。肉厚で派手でいつまでも枯れないのよねえ。枯れないなんて、花じゃないのよ。造花じゃあるまいし。だから嫌いなの、あたし、蘭の花って……」

蘭の花によほど恨みでもあるのか、憎々しげな視線をわが花束の主役に注ぎながら、なおも貶《けな》そうという構え。一方的に中傷され続けるデンドロビウムが不憫《ふびん》に思えてきて、わたしは心の中でH先生を花に喩えていた。

（たしかに随分枯れている。枯れすぎているというべきか。ドライフラワーにされて店ざらしのまま三〇年間くらいほっとかれたため水分は微塵《みじん》も残っておらず、元は何の花だったのかも見極められない感じ）

もっとも、いくらデンドロビウムの仕返しと言ったって、この思いをそのまま口にするわけにもいかず、私はH先生の罵詈《ばり》雑言《ぞうごん》をストップさせるべく、質問をした。

「じゃあ、先生がお好きな花は何？」

「そうねえ、花はサクラ、サクラがやはり一番だわねえ。あとは野の花がいいわ。名もない野の花……」

ようやく可哀想なデンドロビウムから注意を移したH先生の答えは、意外にも平凡だった。「サクラ」と言った時だけH先生の強ばった頬が心なしか緩んだような。そういうわたしもまた、実は蘭の花よりサクラが好きだ。サクラの儚《はかな》さが。

花といえば、サクラ、花見といえば、満開のサクラの下で、と多くの日本人が意識しないほど自然に思っている。歌や俳句など、サクラを詠んだ詩文学がこれほど多い民族は他にいない、と地球上に生息する全ての民族の文化風習を知りもしないのに断言してしまおう。少なくとも、日本が長年巨大な影響下にあった中国文化において、梅は詩歌や絵画の対象になりはしたが、サクラはほとんど目をくれてもらっていない。詩歌や絵画から察するに、中国人が好む花は牡丹《ぼたん》、薔薇《ばら》、蘭。どれも香りが強烈で、色形が鮮やかで明快なものばかり。

これはヨーロッパ人の好みにも通じる。ロシア人もまた、「林檎《りんご》や梨の花ほころび」――（「カチューシャ」）と歌っても、サクラの花を歌で讃えることは稀《まれ》だ。そういえば、チェコには、サクラの花を歌い込んだポピュラーな童謡があったが、サクラの花からサクランボを想像して実のなる日を待ちこがれるという、「花より団子」な歌詞であった。というか、ヨーロッパでは、サクラは何はさておきサクランボを生産してくれる果樹園の常連なのだ。

というわけで、サクラの実ではなく花を殊の外愛《め》でる日本人の好みは、世界的には珍しく、それだけによく知れ渡っている。

あるとき、ウクライナの都キエフで、国際会議があり、わたしも通訳として日本人一行に同行した。会議終了後、一行はキエフが誇る植物園に案内された。

「これが、お国のサクラです」

と得意げに植物園の職員が指し示したのは、八重桜であった。

「日本人が好むのはソメイヨシノといって、花が先に咲く品種で、これは葉桜ですね」

などと応じながらも、ホストの配慮が嬉《うれ》しい。これに、想を得て、一行の一人、S氏が一句ひねり出した。

八重桜キエフの園に運ぶ笑み

これに刺激されて、わたしも歌を一首。

異郷にてサクラと呼ばれ八重桜、同胞の前で恥じらいて頬を微かに染めにけり

こうなると、日本人一行、我も我もと作句と歌詠みに勤しみだしたのだった。次々に句や歌が飛び交う。

葉桜みてキエフの園がざわめけり

葉桜の心根嬉しキエフ人

サクラはたしかに、日本人の歌心をいたく刺激する。少なくとも日本人のオジサン、オバサンの歌心は。

リラの花咲く頃

麗しき五月となりぬ
かかる日はかの女《ひと》も薄衣《うすぎぬ》ならん
隙入りて心捉えん

とハイネが歌ったように、ヨーロッパの北半分に暮らす人々にとって、本格的な春はあくまでも五月である。

三月の大地はまだ雪と氷に覆われ、それが溶ける四月は河の氾濫《はんらん》や泥濘《でいねい》に悩まされて恋の季節を謳歌《おうか》するほどの心の余裕が生まれない。それに、凍てつく大地の奥で長い冬を堪え忍んできた花々が、待ってましたとばかりに一斉に咲き誇るのも、人々がスプリング・コートという名の外套《がいとう》を脱ぎ捨てるのも五月である。

そしてその五月を代表する花はライラックなのだ。ライラックというのは英語で、圧倒的多数のヨーロッパの言語では、もちろんドイツ語でもフランス語でもリラと言った方が通りが早い。

宝塚歌劇団の団歌「すみれの花咲く頃」のもと歌は、周知の通り、リラの花にこと寄せて、春真っ盛りの季節を讃えたものである。すみれなんぞではない、まさにリラでなくては話にならないのだ。俳句という詩形式をヨーロッパの人々が持っていたならば、リラは間違いなく五月の季語になったはず。それほどの花なのだ。経度によって時差はあるものの、四月末から六月はじめにかけてほとんどのヨーロッパの街路や公園は、リラの花に埋もれる。

ウクライナの都キエフの植物園を訪れた話は前回した。季節はあたかも光り輝き、緑ざわめく五月。この植物園には、世界各地から寄せられた一〇〇種以上に及ぶリラ・コレクションがあり、まさに「リラの花咲く頃」に訪れたわたしたち一行は、ドニエプル河を見おろす丘の上から麓《ふもと》の教会の黄金色に輝く屋根に向かって繚乱《りょうらん》と咲き誇るリラの花の紫のニュアンスの多彩さと、強烈な香りに圧倒されたのだった。

ふと同僚の同時通訳者のYさんが、なぜか旅の初日から藤色、パープル、ラズベリーと、赤と青の中間色の服ばかりを愛用しているのに気付いて、自然にわたしの口を衝いて歌もどきがこぼれ落ちた。

紫の衣ばかり纏《まと》う君なればリラの嫉妬を買わざるや

紫を君と競いしリラとてもそのえくぼには敵《かな》わざりけり

これに刺激されてか、日本石油株式会社の重役M氏も一句。

ライラック家のトイレを思い出し

「トイレに備え付ける匂い消しの芳香剤の匂いにそっくりなんだよね、この匂い」と自作にコメントする。

「これは、せつせつたる望郷の歌だ」と誉めちぎるものもいたが、M氏の匂いの選択肢の貧困を嘆いて、わたしの捻《ひね》りだした歌。

香ぐわしきリラの気配に包まれて
自宅の廁《トイレ》を望郷《おもいだ》す
石油会社社員《あぶらや》の臭覚《はな》の怪しさよ

たしかに暑い日ではあった。しかし、日本から移植したという八重桜や、銀杏《いちょう》の木や、牡丹や芍薬《しゃくやく》の花を見ても、競うように咲き乱れるライラックのコレクションやマグノリア

と呼ばれる木蓮《もくれん》を見ても、日本からやって来た大会社の重役や研究者たちが発する言葉は唯一つ、

「ああ、ビールが飲みたい」

であった。そのロマンチシズムの欠如を嘆いてわたしが詠んだ一首。

木蓮も桜もリラも芍薬も
麦酒《ビール》にしかず典型的日本人中年男《オジサン》の
卑しさ哀し異邦《いな》の植物園《その》

帰国後、そのオジサンたちから旅行中のスナップ写真が送られてきた。どの写真にも枠からはみ出さんばかりに、リラの花がいっぱい写っていた。ビール、ビールとやたら騒いでいたのは、もしかして、リラの色香に惑わされた己を恥じていたのかもしれない。恥じ入りながらもリラの花に心奪われずにはいられなかったオジサンたちの心根にちょっと心打たれたわたしだった。

ザクロの花は血の色

四歳の頃から住んだ東京は馬込の家の庭は、南面と西面が三千余坪の元伯爵邸に隣接していた。屋敷は樹齢ウン百年と思われる大木が鬱蒼《うっそう》と生い茂る奥のそのまた奥の方にあった。いや、あったのかどうかさえ確認できないほどだった。境界線には申しわけ程度の垣根しかなかったこともあって、北面と東面に目をやらない限り、さながら森の中の小さな空き地という趣だった。

こういうダイナミックな借景に恵まれたおかげからか、両親が多忙だったためか、わが家の敷地の地面は、とうてい庭とは呼べない放任状態であり続けた。

「下手にチマチマいじくるよりも、この方がずっとさまになってるでしょう。荒野の風情があって粋だわよ」

母はそんな風に己の怠慢を合理化していたのかもしれない。母が庭いじりに目覚めたのは、元伯爵邸の当主が亡くなり、後継者が相続税を払うために屋敷を生命保険会社に売り払ってからのこと。生命保険会社はただちに屋敷に植わっていた樹木をことごとく根こそぎ排除して団地を造った。お互いが見分けのつかないようなコンクリート製の箱を配し、わずかに残った地面は芝生で覆ってしまったため、森の中の空き地は、単なる空き地になり果てたのだ。

しかし、それはずっと先のことで、森がまだあった当時は「庭」の手入れといえば、春から夏にかけて一家総出で雑草取りに精出すぐらいであった。

もちろん、敢えて樹木を植えたりしたことはない。植えてはいないのに、周囲の樹木の繁殖活動の恩恵を受けていたのだろう。いつの間にか様々な樹木がわが家の敷地に生えてくるのだった。初めは何の木かも分からない。醜いアヒルの子が実は美しい、白鳥だったことが判明したように、ある日、葉や花や実が姿形を明らかにして、ああ、これは椎《しい》の木だった、とか、八重桜だったなどと木の名前を確認するのだった。

七月初めのある朝、草むしりをしていた父が言った。

「やはりザクロの木だったんだねえ」

ザクロという語の響きには、ドクロに通じる迫力があって、背筋がゾクッとした。父が指さす、敷地南西の片隅には、六歳になった私の背丈ほどの高さに伸びた灌木《かんぼく》が立っていた。梅雨明けを告げる晴れ渡った青空に向かって、印肉に心持ち赤味を差したかのような朱色の花が己の存在を誇示している。

まもなく花は散って球形の実が生り、秋口には、その実が割れて赤紫のビーズがギッシリ詰まった果肉をのぞかせた。傷口から血まみれの肉が見え隠れするようで、またゾクッとした。恐る恐るビーズの一粒をはがして口に含むと、果肉はわずかでほとんどが種。かすかな甘みと強烈な酸味が口中に広がる。

何となく気味が悪い。そういう思い以上のものを抱かせることなく、それきりザクロは幼い私の注意を引くことはなかった。

再びザクロが気がかりになったのは、大学を卒業し、ザクロの木も大きく広げた枝先が二階のバルコニーを凌《しの》ぐほどに生長してからのこと。そのよくしなる枝を伝って二階に登るのを日課にしていたチビリという飼い猫が亡くなって、亡骸《なきがら》をザクロの木の下に埋めた。翌年、ザクロは今までになく鮮やかに色づいた花をたくさん咲かせた。折からの風で朱色の花がゆらゆら揺れて、思わず叫んでいた。

「チビリ、チビリ」

チビリが枝を伝って登るときも、ちょうどこんな風に花が揺れていた。

この時以来、ザクロの花はいつもチビリの面影を胸の中から誘い出してくれる。その後わが家で過ごした猫たちは、そろいもそろってザクロの木で遊び戯れるのを殊の外好み、亡くなってからはその下で眠るようになった。

ギリシャ神話では、ザクロはあの世とこの世の境目に生える樹木とされている。美少女ペルセフォネは、冥府《めいふ》の王に見初められて連れ去られ、ザクロの実を四粒食べさせられたために地上への完全復帰がかなわなくなった。四カ月つまり一年の三分の一は地下で、残りは地上でという生活をせざるをえなくなった。おそらく、植物の種が一年の三分の一ほどを地中で過ごし、残りの三分の二ほどの間だけ地上に花実を咲かせることの喩えだろうが、わたしには、ザクロの花や実が、亡くなった猫たちの化身に見えてしまう。ザクロの花や実の鮮血色も、今では気味悪いどころか、猫たちの生きた証《あかし》に思えて仕方ないのだ。

グミの白い花

四月の末、六歳の誕生日の日に、母が庭にグミの木を植えてくれた。

「これは、万里ちゃんの木ですからね。万里ちゃんよりちょうど六つ年下。可愛がってあげてね」

そう言われると、血を分けた弟のような気がしてきて、庭にある木のなかでも一番大切な木になった。そしていつのまにか、木と呼ぶには、あまりにも小さく華奢《きゃしゃ》なその枝振りや、若草色の細やかな葉を確認するのが日課になった。

夏も終わりに近づく頃、ほっそりした枝に小さな白い花が付いたのを発見したときの胸の高鳴りといったら。花びらは四枚。筒のような形をしていた。

そのうち花が散り、葉も枯れかけた頃、朱《あか》い小さな実が生った。口に含むと苦く酸っぱいもののかすかな甘みが混じっている。枝振りも、花も、実も、その味までもが、何と慎ましく遠慮深い木なのだろう、とその時思った。その翌年も翌々年も、白い花を付ける度に、朱い実を口に含む度に、

「グミよ、何とお前は謙虚なのだ」

という思いを新たにするのだった。

グミの木が三歳、つまり私が九歳の秋、家族と共に父の赴任先チェコのプラハに移住することになった。その年のグミは例年になくたくさん白い花を付け、それはちょうど出発直前に朱い実となって、私を送り出してくれた。

なのに、プラハに滞在中の私はすっかり東京の家の庭の片隅につましく生えるグミのことを忘れていた。

ある日、ロシア語学校の歌の時間に、悲しげな美しいメロディーの歌を聴かされた。その歌にすっかり魅せられた私は、帰宅後、家にあったロシア歌謡のレコードを片っ端からかけてみた。すると、あったのである。

川面静かに歌流れ
夕べの道をひとり行けば
遠く走る汽車の窓光る
若者の待つグミは揺れる
おい、巻き毛のグミよ白い花よ
おいグミよなぜにうなだれる

ウラル山脈の麓の小さな田舎町の優しい風景と、遠い東京の空の下、グミの白い小さな花がそよ風に揺れる様子が重なって、たまらなく懐かしくなった。

日本語版では、「ウラルのグミの木」となっているが、二人の男に言い寄られて心が千々に乱れる乙女心を風に揺れる白い花に喩えた美しい詩は、関鑑子の翻訳によるもので、原作のM・ピリペンコの詩の内容を、ほぼ忠実になぞっている。ただし、グミに相当する語 рябина は、辞書を覗くとナナカマドという訳になっている。そうか、ナナカマドってグミのことなんだ、となぜか私は思い込んでしまった。

というのは、もう一つの美しいウクライナの民謡にスリコフの詩を添えた、「細い рябина の木」も、楽団カチューシャが「小さなグミの木」という訳をつけて、

なぜか揺れる　細きグミよ
頭うなだれ　思いこめて

と歌われているからだ。これはだめ押しだった。こうして рябина ＝ナナカマド＝グミという等式が私の頭のなかで形成されてしまったのである。それからはずっと、そう一〇年ほど前まで、ナナカマド＝グミと思い込んでいた。

ところが、一〇年前の秋、モスクワ大学の近くの公園を散歩していて、同行していたロシアの女流詩人がつぶやいた。

「まあ見て見て、рябина＝ナナカマドの白い花が満開よ」

「えっ、嘘でしょう。ナナカマドだなんて⁉」

「もちろんナナカマド以外の何物でもないわ。ほら、歌にもあるでしょう、巻き毛の白い花って。タップリ咲き乱れた花が絡まっているみたいでしょ」

ナナカマドはグミとは似ても似つかない林檎や桜並の大木で、花は細やかだが房状になっているのでとても華やかだった。

色は同じ白ではあるが、わが家の庭でつましく地味に咲くグミの花に何だかとても申し訳ない気持ちになった。長い間とんでもない誤解をしていたのだ。もっとも翻訳者を責めるわけにもいかない。

　　おい、巻き毛のナナカマドよ白い花よ
　　おいナナカマドよなぜにうなだれる

では、リリカルな気分にも浸れないし、第一舌がもつれて巧く歌えない。

サフランの濃厚な香り

イタリアはロンバルド州を友と旅したのは一一月も末に近づく頃。なだらかな起伏をなす草原のあちこちで羊が褐色になりかけた草をはむ様子に見とれていて思わず目を凝らした。赤や橙《だいだい》の花らしきものが見える。この冷気の中でまさか、と車を止めた。花を摘み芳《かぐわ》しい香りを吸い込む。それにしても可憐《かれん》な花。水仙にも似ているが、もっとよく似た花をどこかで見たような。

「サフランよ。秋の草花との名残を惜しむ羊たちが昼寝をするときに安らかに夢見る事の出来るよう花の女神フローラが与えたカーペット。ラテン語でsafranum、語源はペルシャ語のzaaferで意味は黄色。花は黄色、橙、赤だけでなく、紫、紺など色とりどりなのに花柱は濃い黄か橙なのできっとそう名付けられたのね。人類が栽培した最も古い花の一つ。古代エジプトのパピルスにもソロモン王やホメロスやヒポクラテスの書物にも登場する。芳香剤として、高価な治療薬として、贅沢《ぜいたく》な調味料として、布や皮の染料として……」得意げに蘊蓄《うんちく》を傾ける友の言葉を聞きながら私はMさんのことを思い出していた。

一〇代二〇代の頃しばしば目眩《めまい》を起こして転倒しては医務室に運ばれ、その度に看護婦さんに注意された。

「貧血気味ですね。レバーやほうれん草を食べましょうね」

献血に応募したときも、即座に断られた。

「他人より自分の事を心配しなさい。鉄分とヘモグロビンが不足していますよ」

血を濃くできる食べ物だと言われると無条件に有り難がって摂取した。なのに一向に貧血は治らず、三〇代に突入した頃は諦《あきら》めかけていた。父が難病に罹《かか》り、主治医から「現時点の医学では治療不可能だからどんな民間療法でも試していい」と見放された頃だ。

突然降って湧いたように父の親友と名乗る指圧師Mさんが現れ、三日に一度は静岡から通って来るようになった。ただ者ならぬ雰囲気の人で、ある日父の指圧をしながらギョロリと凄《すご》みのある目をわたしに向けると、顔色が悪い、貧血にはサフランが効くのだと言った。

「サフランて、あのブイヤベースやパエリヤに使う香辛料のサフラン？」

「そう。あれはサフランの花の花柱を乾燥させたものなんだ」

Mさんはコップに白湯を入れたものを持ってこさせ、黒い大きな鞄《かばん》の中から小さなガラス瓶を取り出した。中には赤茶色の針のようなものが詰まっている。ピンセットでそのうちの一本を取り出すと、コップの中に落とし入れた。白湯はたちまち濃い橙に染まる。

「さあ、それを飲んでごらん」

言われるままに橙色の液体を口に含んだ。強烈な、でもとてもいい香り。

「そんな風に毎日飲むといい。このサフランの瓶をひとつあげよう」

それきりＭさんは、わが家を訪ねてくることはなかった。そして父はひと月後に亡くなった。

瓶の中には一二〇本以上のサフランの花柱が入っていた。だから、父が亡くなってから三ヵ月以上も私はサフラン湯を飲み続けたことになる。そして瓶が空になったとき、わたしは貧血とは無縁の体質になっていた。

本当にサフランが効いたのか、それとも父を失ったことによって芽生えた自立心がわたしの肉体をも強くしたのか、定かではない。それよりも、その時になって初めてサフランの市場価格を知って慌てた。すんごく高価だったのだ。わたしの飲んだ分だけで四〇万円に迫るほどの値段。何しろ、ひとつの花から花柱は三つしか取れない。だから一グラムのサフランを得るのに二〇〇本の花を必要とする。しかもデリケートな花柱を傷つけないためにはあくまでも人の手で抜き取らなくてはならない。人件費が高騰する昨今、最上等のサフランの乾燥花柱には純金に等しい値がつく。あるとき安いものを見つけ、大喜びで買い込んだが、偽物をつかまされた。

Ｍさんがなぜそんな高価なものをわたしにくれたのか未《いま》だに謎である。翌年、Ｍさんも父の元へ逝《い》ってしまったので、もう確かめる術もない。「あんたの父さんには言葉ではとうてい言い尽くせないほど世話になったんだ」と家に来る度に口癖のように言っていたその「言葉に言い尽くせない」どんなことがあったのだろう。

ふと手に握った花と姿形がソックリな花を思い出した。シベリアで冬の終わりから春先にかけて咲く待雪草。

「そう、春一番に咲く待雪草もサフランの一種。でも春先のサフランは無味無臭。クロッカスとも言うわ。語源はギリシャ語の糸を意味する kroke。花柱が糸のような形をしているから」

と友の蘊蓄にまたまた火を付けてしまった。

「でも別の解釈もあってね。クロッカスというのは、ヘルメス神の親友の名。ヘルメスがある日いかに円盤を美しく遠くまで投げられるか自慢し実演して見せたときに手が滑って円盤がクロッカスの頭蓋《ずがい》を切り裂いてクロッカスは即死。クロッカスの血に染まった大地から花が咲いた。それは初春のこと。フローラはクロッカスを愛していたから晩秋になっても彼のことが忘れられずにいたのね。それでまたクロッカスを咲かせた。冬のあいだも偲ぶことが出来るよう香りを付けて」

Mさんは、わたしに渡したサフランに謎という香りを濃厚に付けた。それで二〇年経った今もMさんのことが気にかかる。

叔母の陰謀

「新進気鋭の」と言うには、ずいぶんとうのたった男の第一印象は思いっ切りハズレ。背は高からず低からず。猪首《いくび》で頭髪は後退気味。服装も不潔ではなかったけれど、とにかくダサイのよね。会う前にちょっとときめいたりして損しちゃった。わたしの失望を察した叔母があわてて取り繕ったのが可笑《おか》しかった。

「高原君が一月前に学会誌に発表した論文、読売新聞が紹介してましたわね。このあいだは、テレビでも取り上げていた」

「どんな、お話でしたっけ？」すぐにも席を蹴《け》って出て行きたかったけど、叔母への義理で気のない質問をする私。

「たしか、そうそう、掃き溜《だ》めかなんかの話でしたわね」と叔母は盛り上げようと必死。

「大森貝塚みたいな？」

「真名さんは鋭いなあ。ゴミ捨て場は、考古学者にとって実に貴重な情報の宝庫なんです。ゴミの由来をたどって行くと、太古の人々の暮らしが見えて来るんですねえ」――高原君は、分厚い眼鏡越しにちっこい目を瞬かせる。ついでに鼻の頭もてからせている――「発掘してると、出土するゴミの中に不思議なものがよくあるんです。欠けた土器の中に木の枝が何本も突っ込まれていたり、小石が詰まってたりする。ゴミ捨て場の四隅に貝殻だけキレイに三角錐《すい》の形に盛ってあったり。どうしてこんな意味もないことをしたのか、合理的な理由が見つからなくて」

「お呪《まじな》いとか、宗教的な儀式とか？」

「いやあ、真名さん、鋭いなあ。実は、そういう説を唱える学者が多いんですよ」

「違うんですか？」

「僕は別な解釈をしたんです。生き証人はいないから、本当はどうだったのかは、もちろん分かりません。あくまでも仮説ですけど」――高原君は、得意になった時の癖なのだろう、ただでさえ大きな鼻の穴をさらに大きく膨らませてヒクヒクさせてる――「この仮説を裏付けるために一月間、ある幼稚園で観察を続けたんです。それを基に論文を発表したら、思わぬ騒ぎになってしまいまして」――照れ笑いする高原君の口元が光った。イヤだ、金歯だ。こいつとキスする場面が浮かんでゾーッとした。絶対抱かれたくない男だ。そんなこちらの胸の内も知らずに高原君はとうとうと話し続ける――「幼稚園の庭にゴミ捨て場を設けたんです。もちろん、子供に害のないゴミだけを選びましてね。縁を安全加工した空き缶とか空き瓶などをいっぱい積んどいた」

「へえー、よく許可しましたね、幼稚園が」

「姉が園長やってるんで、何とか。ゴミの山さえ出来れば、もうこっちのものです。僕のにらんだ通り、子供たちは既製のオモチャなんかおっぽり出して、ゴミの山に夢中になりました。ただ、父兄の中にうるさいのがいまして、それが音頭取って一部の親たちが抗議してきた。あの時は参りましたよ、姉までがゴミをどかすと言い出して。でも、今度は子供たちが騒ぎ出した。またとないオモチャを取り上げるなって。それで、僕の実験は大成功というわけです。週に二回ほど通って、ゴミの山が変容していく様を写真に撮っていったんです」――高原君は、ファイルの中から次々に写真を出して床の上に並べていく。その指が太くて短い。あーあ、私は指の長い男が好きなのに――「どうです、空き缶の中、小石がぎっしり詰まってるでしょう。こちらの空き瓶には小枝がいっぱい突っ込まれてる」

別な写真には、空き瓶が規則的に並べられた様子や、空き缶がピラミッドのように積まれた様子が写ってた。

「つまり、高原さんの説は、大昔の子供たちもゴミ捨て場で遊んだはずだというのね」

「そうなんです。多くの学者が呪いや宗教的儀式であると解釈してきたゴミの一風変わった配置や形態は、子供の気まぐれな遊びの結果として見ると、合点がいくんです」

「今まで小難しく頭ひねってた学者が馬鹿に見えてしまいますわね」

「いえ、彼らのおかげで、僕の珍説が新鮮に映るわけでして……」

高原君が退席するや、叔母に抗議しようとしたら、先手を打たれてしまった。

「真名ちゃんを見込んで、お願いがあるの」

「それより、叔母様、騙《だま》し討ちでお見合いさせるなんてひどいじゃないの」

「あら、そんなつもりは、はなからなくってよ。ぜひ、探って欲しいのよ、高原君の謎を」

「謎？……」

「高原君は結構もてるのよ、あれで。お見合い市場では東大卒の学歴は引く手あまたなんだから。でも、どのお嬢さんも二回目のデートぐらいで愛想をつかしてしまう。今まで最長記録が四回。その原因を探って欲しいの」

叔母の提示した金額も魅力だったけど、とにかく好奇心をかき立てられて、高原君とは、週に一度ぐらいの割合でデートするようになった。

それで、たしかに会うたびに腑《ふ》に落ちないことがあるのよ。ひとつは、デートの場所を決めるときに異常に都内に拘《こだわ》ること。このあいだも横浜の山下公園を散歩したいって言ったら、

「いや、まずい。それは、絶対にまずい」の一点張り。理由も説明もなし。では、鎌倉に

足をのばしましょうよ、と水を向けると、

「それは、君、最悪だよ。僕は断固反対だね。お寺回りしたいなら、浅草でいいじゃないか。神社に行きたいなら、明治神宮にしよう」

「じゃディズニーランドでも冷やかそうか」

「君、どうしてそんなに東京の外に出たがるの？　郷土愛が足りないんじゃないの。もっと、自分の住んでる町を愛しなさい」

なんてメチャクチャなこと言い出す。

「高原君こそ、なぜ、わたしを東京の外へ出したがらないの？　ちょっと変じゃない」

「そりゃ誤解だ。見当違いもいいところだ」

「なら、今度の土曜日は山下公園で決まりね」

「ああ、いいよ」

とそこまでは、よかった。ところが当日の早朝、電話をして来たのよね。

「やっぱり山下公園は変更できないかなあ」

「このあいだ、あんなに話し合って決めたんじゃない。ダメよ、今更」

ちょっと可哀想な気もしたけど、叔母が探り出して欲しいと言った謎もここにあると思って突っぱねたの。そしたら、

「うん、分かった。それなら、あそこの屋外トイレは汚いから、ちゃんと家出る前に、オ

シッコしてくるように」だって。いくらもう若くはないと言っても、せっかくのデートなんだから、少しはロマンチックな気分に浸りたいと思うのが、女心でしょう。それを、平気で逆なでするんだから。しかも、横浜駅の改札口で顔を合わせたとたん、

「ちゃんと、してきた？」よ。

「エッ？」

「ちゃんとオシッコしてきた？」

まったくもう。これからデートっていう会話じゃないでしょ。以後東京都の外で会うときは、いつもそう。前日の夜か当日の朝、必ず電話が入って、出かける前にちゃんとトイレをすますようにと忠告してきて、会うやいなや、「ちゃんと、してきた？」と確かめる。軒並みお嬢さんたちに愛想つかされた原因はこれね。ただ、わたしもだてに歳を喰《く》っているわけじゃない。なぜ高原君が外出時の女性のトイレ問題に固執するのか、その理由を知るまでは、別れるわけにはいかないと思ったの。

「何でそんなに拘るの？　わたしが、どこでオシッコしようと、どうでもいいじゃない」

「あっ、もちろん、そんなこと、僕は拘ってませんよ。でもさあ、世界中の民族の中でも、日本人が一番ひどいんだよなあ」

「何を言い出すの、いきなり？」

「だから、外出時にね、やたらトイレ行きたがる国民なんだよ、日本人は」

「そうかなあ」

「ああ、こないだ、学会でベルリンに行ったら、観光ガイドが、そう言ってた。雄犬みたいに、外出すると、やたらあちこちにションベンしたがるって」

「じゃあ、わたしを教育し、ひいては日本文化を向上させるために頑張ってるわけ？」

「そんなおこがましいこと、するわけないでしょ。でもオシッコ我慢するのはよくないよ。膀胱炎《ぼうこう》になりやすくなるし。あれは辛《つら》いよ」

「へえーっ、私の健康のこと気遣ってくれてるんだ？」

「ていうかあ……」てな具合に、毎回私の追及ははぐらかされっ放し。でもついに謎が解明される機会がやって来た。

高原君が風邪をこじらせて寝込んでしまい、わたしはお見舞いに高原君の住む横浜市の戸塚まで足を運んだのね。横須賀線の戸塚駅から電話を入れると、高原君はひどく恐縮して、もうずいぶんよくなったから駅まで行くから、改札前のポプラという喫茶コーナーで待つようにと言った。ポプラに高原君が現れたのは、ちょうどわたしが駅の公衆便所から席に戻りかけたところだった。私を見るなり、心なしか頰のこけた高原君は、頭を抱えて声を張り上げた。

「君、トイレに行ったのか‼」

店内にいた人たちの視線が一斉に私たちふたりに注がれる。恥ずかしいというより血の気がひいていく。私は俯《うつむ》いて肯《うなず》くだけ。そしたら、さらに大声で怒鳴り出した。

「大の方か、小の方か」

店内のあちこちから失笑が漏れてくる。

「なんで、そんなこと、あなたにいちいち報告しなくちゃいけないの？」

「たのむから、言ってくれ！　大か小か」

こいつとは今日限りだ、と自分に言い聞かせながら言った。「……小」。声になってない。

「……そうかあ……」

高原君は肩を落として、へなへなとその場にへたり込んでしまった。

「どうしたの、そんなにショック？」

「そりゃあね。……大の方がまだましだよ。分離しやすいから……東京のションベンを神奈川のションベンと混ぜないで欲しいよ」

「……？」

「だからさあ、神奈川県人の尿の組成を調べていて、たとえば、ここの公衆便所でサンプリングする研究者がいたとしたら、困るじゃないか。本当に困るんだよ」

「バッカじゃないの」と言いかけて、思い当たったの。高原君は、その頃、七世紀にあったある邸宅の遺跡の発掘調査に打ち込んでいて、その便所蹟《あと》から採取される便の分析をしていた。そこに、時々、まったく異なる食文化を思わせる便が混じっているため、苦労していたのよ。フフフフフ、それで未来の考古学者のことまで思い遣ってたんじゃないかな。

えっ？　高原君とはその後もつきあい続けてるわよ。ていうか、わたしが付いてなくちゃ危ない、って思ってるの。わたし以外に高原君を理解できる人はいないいんじゃないかって。

ティッシュペーパー

はるかはるか遠い昔、失恋して何日も食べ物が喉《のど》を通らない、なんて可愛いことがこのわたしにもあった。何もかも生きていくのさえ嫌になって、都合よくその時大流行していたインフルエンザにかかったことにして全ての仕事と遊びをキャンセルして、部屋に引きこもった。泣いても泣いても次から次へと悔しさ、悲しさとともに涙と鼻汁が溢れ出てきて、泣きながらもよく水分が続くものだと自分で感心したほどだ。おそらく一生に消費するティッシュペーパーの一〇分の七はあの時に使い果たしてしまったのではないだろうか。

一週間ぐらい泣き暮らして、鼻の下が赤く爛《ただ》れヒリヒリしてきた頃には、クシャクシャに丸められたティッシュペーパーの塊はゴミ箱からはみ出し、ベッドの上も机の上も床の上も、とにかくわたしの部屋はティッシュペーパーだらけになっていた。

ふと、ガラス窓の向こうに何やらヒラヒラするものが見えた。目を凝らすと、窓の向こうにも同じようにティッシュペーパーの塊が溢れかえっていた。……いや、まさか、そんなはずはないよな、それとも知らず知らずのうちに使ったティッシュペーパーを窓の外に捨てていたのかなあ、まずいなあ、アパートの管理人さんに叱られるよなあ、あのオバサンうるさいからなあ、気がつかれる前に片付けちゃわなくっちゃ、でも面倒だなあ……と涙にくれながらもわたしは自問自答し、思わず立ち上がって窓を開けた。

ついこの間まで陰気に無愛想に庭に突っ立っていた黒っぽい木の枝々が一面、真っ白なティッシュペーパーに覆われていた。覚えはないけれど、わたしが使い捨てたティッシュペーパーが風に飛ばされてあの枝々に留まったのかもしれない。ということは、枝からヤニかなんか出ていて、それが接着剤の役割を果したのだろうか。折からかすかに風が吹いて、枝々に張り付いたティッシュペーパーはそよそよとそよいだ。

すると、突然、小学生の頃、運動会でくす玉を作るために白いちり紙とピンクのちり紙で花をこしらえてくす玉の表面にはりつけていったのを思い出した。

あれ、と思った。ピンクのティッシュペーパーが無い。そういえば、クリーム色のもブルーのもグリーンのも無い。目の前の木の枝々にはりついているのは、真っ白なティッシュペーパーばかりだ。どう考えてもおかしいよ、これは、狂ってるよ。いや、狂ったのは自分かもしれない。泣きすぎて脳みその水分が枯渇したために、もしかしてついに視力も判断力もダメになっちゃったのかも……。

「あーら、万里さん、起きても大丈夫なの？」

陽気な声がした。懐かしい声。

「まあ、顔が腫れ上がっているじゃないの、熱がまだあるんじゃない。横になりなさいよ、横に。……あっ、あたしは大丈夫よ。インフルエンザもうひき終わったところだから」

千晴だった。通訳仲間の千晴。

「ゼリー持って来たの。一緒に食べよう」

庭を横断して窓辺までやって来てゼリーが入っているらしい箱を差し出した。

「それから、これはお見舞い」

セロハン紙にくるまれた三本の枝には可愛らしい桃色の蕾《つぼみ》がいっぱいくっついている。

「明後日は、もうひな祭りだし」

「あああありがと」

「でも、こんなにみごとにこぶしの花が咲き誇っているなんて。ちょっと桃が見劣りしちゃって、可哀想だったかな」

「えっ、あっ、そうか……ふふふふはははは」

あの瞬間にわたしは失恋から完全に立ち直ったのだった。

今でも感謝している、千晴とこぶしの花と、それにティッシュペーパーには。

タンポポの恋

鬱蒼とした森の奥に小さな小さな村があって、そこのポッンと離れた一軒家に身寄りのない目の見えない娘がひとり住んでいた。山羊を一頭飼っていてそれはそれは可愛がっていた。山羊はいつも杖《つえ》のごとく娘に付き添って左側を歩くのだが、乳を搾るときだけ、娘の方が山羊の左側に腰掛けて作業した。娘がラエビ（Laevi ＝左）ちゃんと呼ばれていたのは、そのせいだろう。ラエビの搾り出すお乳は苦みがあったが、多くの病気を治す効用があったし、なぜか利尿効果覿面《てきめん》だったので、村人たちにも評判であった。そんなわけでラエビは山羊の乳を売って生計を立てていたのである。オフィシナーレ（officinale ＝治療師）のラエビとかピサンリ（pissenlit ＝寝小便）のラエビと呼ばれていたのもそのためだ。

美人ではないが愛らしい顔立ちをしていて、その屈託のない笑顔で優しい言葉をかけられると、どんな辛いことも悲しいことも吹っ飛んでしまうほどに気持ちが軽くなるのだった。だから、ラエビは村人たち皆にとても愛されていた。ラエビは亡くなった母が編んでくれたという黄色いスカーフを形見としていつもそれで頭を覆っていた。それから裾《すそ》にギザギザ模様のある緑色のスカートを身につけていた。そのギザギザ模様がライオンの歯にソックリだというので、ラエビにはダンドリオン（dent de lion＝ライオンの歯）というあだ名も付いていた。

いつしかラエビも大人びてきて、村の若者たちの中にラエビが目の見えないのをいいことに、手込めにしようとはかる者も出てきた。しかし、そのような不埒者は、手ひどい目にあった。というのは、ラエビのスカーフには、ミツバチを惹きつけてやまない甘い香りがするらしく、ラエビに襲いかかろうとすると、その蜂たちの逆襲にあうのである。どうやら、目の見えない娘をおいてあの世に旅立つ母親が、娘の身を守るためにスカーフにそういう工夫を凝らしたようなのだ。

そんなわけで、年頃になって匂い立つような魅力に溢れるラエビだったが、恋を知らずにいた。そして、ある日ヒバリの歌に聞き惚れている内に、ヒバリに恋こがれるようになってしまった。美しいメロディーに身体の芯《しん》から揺さぶられるものの、歌詞が聞き取れない。恋する相手が何を訴えているのか、知りたくて知りたくて居ても立ってもいられない。

「ねえ、ヒバリさん、後生だから空から舞い降りてきて、歌をちゃんと聞かせてちょうだい」

そう訴えたところ、ヒバリは願いを叶えてくれた。ラエビの左肩にのって、耳元に美しい歌声を響かせた。

「太陽が朝一番に輝く、その煌《きら》めきのように優しく清らかに僕もラエビちゃんを愛しているよ。でも、天空の限りない広がりと高みが僕を惹きつけてやまないんだ。この引力は強大で、抗《あらが》うことは不可能なんだよ」

そう悲しそうに叫ぶと、ヒバリはラエビの肩から舞い上がった。ラエビは両手でヒバリを捕らえようとしたが、間に合わなかった。ヒバリはたちまち天空の彼方に消えて行ってしまい、ラエビは愛の幸せを永遠に失ったことを悟ったのだった。絶望のあまり、ラエビが黄色いスカーフをはぎ取って空を扇ぐと、スカーフから沢山の毛羽が飛び散った。

折からの突風が毛羽をさらっていく。風に乗って毛羽は地上のあちこちを流離《さすら》った。毛羽が地面に舞い降りたところには、まもなくラエビのスカーフにそっくりな赤い花や黄色い花が咲いた。

タンポポには多くの虫が、特にミツバチが群がる。それは、タンポポの蜜＝ネクタルが極めて豊富だからだ。タンポポの種は受精せずに実をつける。種は実る頃パラシュートに乗って遠くに運ばれる。タンポポの茎から出る白い汁の薬用効果は昔から重宝されている。

以上の物語は、百科事典の「タンポポ」の項目を読みながら浮かんできたものである。

家造りという名の冒険

生まれてこの方、わたし自身が設計&監督して完成までこぎ着けた家は一万件以上、いや、二万件近くになるはずだ。リフォームした家の数となると、それをさらに上回る。五万件にはなると思う。

……あっ、もちろん、あくまでも自己流の図面と想像の上での話ではあるが。

リフォーム件数が多いのは、他人の家屋、新聞広告や折り込みチラシの家を目にする度に、色々気にかかるところが出てきて、ああ、ここはこう直した方がグッと暮らしやすくなるのに、見栄えも良くなるのに、とすぐにもあれこれのリフォーム・バージョンが頭の中にちらついて、図面化せずにはいられなくなるからだ。

小説の中に家が出てくると、粗筋そっちのけで図面を引きたくなってきてウズウズするし、映画やテレビ・ドラマの中の家屋は、夢中になって平面図と立面図を立ち上げてしまう。

自分の満足のいく出来になるまでは、没頭してしまって、他の、家事とか、仕事とか、人付き合いとか、有益な少なくとも生活上不可欠なことに手が回らなくなる。

しかも、原稿の締め切りが迫っているときに限って、こういう、誰にも頼まれてもいないし期待もされていない、当然感謝もされない、世の中に全く役に立たない、単に膨大な時間潰《つぶ》しと紙と鉛筆の無駄遣いにしかならないことに、うつつを抜かしているのだから、本当に困ったものだ。

この原稿が著しく遅れたのだって、締め切り日の前日、犬の散歩の最中に見かけた家の、外観からだけ想像する間取りの一部が気にかかって気にかかって、どうしてもリフォームしたくなってしまったからなのだ。

そんなわたしの愛読書は、もちろん建築雑誌で、建築材や住宅設備、それに新しい工法に関する情報を絶え間なく取り入れるように努めている。

そのせいか、ときどき夢の中にとんでもなく素《す》っ頓狂《とんきょう》な家が登場する。夢は、記憶の屈折や合成である、などと脳や眠りの専門家たちがまことしやかに説くことが、眉唾《まゆつば》なんじゃないか、と思えるほど、どの家も、生まれてこの方、一度も目にしたことがないような、奇想天外な造りなのだ。

胸ときめかしながらその家に踏み込み、中を突き進む。気がつくと、窓の外の風景が時々刻々と変わっていくことがあった。家は大地を這《は》い回り、空を飛び、海に潜る。地下室の真ん中に見事な鍾乳洞《しょうにゅうどう》があって、それを取り囲むように八角形の中庭がしつらえてあり、上空から四五度ほどの角度で光が差し込んでくるということもある。毎回が冒険と発見の連続なのだ。

そのせいか、三年ほど前、生まれて初めて現実の家を建てることになったときは、もちろん張り切って自分で図面を引き、それを専門家に「翻訳」してもらったのだが、デザインも間取りもずいぶんと平凡で保守的な家になった。

建築好きなわたしが建築家にならなかったのも、同じ理由が背景にあるような気がする。現実の家造りは絶え間ない妥協の連続である。わたしの「家造り」は、心の冒険なのだ。心が思いっきり羽を伸ばすためには、生活そのものは少々保守的な方がいいのかもしれない。あるいは冒険は、夢の中でタップリ楽しんでいるせいかもしれない。

ドラゴン・アレクサンドラの尋問

「これは、どんな本なのか、話して聞かせてちょうだい」

初めて学校の図書室を利用したときのこと。読み終えた本を、図書室の受付カウンターのところで返却しようとした刹那、カウンターの向こう側に座る縦横奥行きいずれも巨大サイズの女の人が、わたしから受け取った二冊のうちの上にあった方の一冊を手に取りパラパラと頁をめくりながらそう尋ねてきたのだった。本を借り出したときは見かけなかった人。でもあの日は図書室の入り口に、

「アレクサンドラ・ドミトリエヴナ先生は、お産のためお休みです」

と書かれた紙が貼り出されていたのに、先ほど入室するときには外されていたのを思い出した。ああ、これが噂の先生なのだと、自然に身体が強ばる。

「図書室のアレクサンドラ・ドミトリエヴナ先生はものすごく怖い」

とクラスメイトたちに恐れられているのは知っていた。本の返却が遅れたり、返却した本に傷がついていたりすると、三重顎のデップリした顔をイクラ色に染めて口からあらん

限りの罵詈雑言を浴びせかけるらしい。

「ドラゴン・アレクサンドラがまた火を噴いた」

いつのまにか、そんなあだ名がついていた。もっとも、クラスメイトたちが一番恐れていたのは、ドラゴンの別な面だったらしい。それは、どうやら、「ドラゴンのダプロス」と言われるものだった。しかし、「ダプロス」と聞こえる単語が何を意味するのか、わたしのロシア語力では理解できない。だから、理解できる範囲で最大限気を遣った。返却期日も守ったし、本も傷つけないよう丁寧に扱ったつもりだった。ところが、敵は思わぬ方向から攻めてきたのである。

「どんな内容だったの？　読んだのでしょう？」

小麦色の眉毛に縁取られた青緑色の瞳を凝らして、ドラゴンはわたしの目を射貫《いぬ》くように見つめながら、催促した。

「さあ、マリ、話してごらんなさい」

ああ、これだ、これこれ。みんなはこれを恐れていたのだ。ダプロスが「尋問」を意味することを、その瞬間に悟った。

在プラハ・ソビエト学校小学部二年に編入して四カ月経っていた。全ての授業をソ連の教科書でソ連から派遣されてきた教師がロシア語で行う学校。ようやくロシア語の簡単な単語なら読み取ったり、聞き取ったりすることが、かなりおぼつかないものの何とか出来るようになっていた。それで、比較的活字の少ない、絵の多い本を図書室から借り出してみようと思い立ったのだ。しかし、書いたり話したりすることは、転校してきた当時からさして進歩していない。

理解力と表現力のあいだには、雲泥の差がある。これは、別に外国語に限ったことではなく、母語であれ、音楽や絵画であれ、常にパッシヴな知識とアクチヴな知識のあいだには開きがあるものなのだ。たとえば、多くの日本人が松本清張や司馬遼太郎の作品を楽しんできたはずだが、そのうちの大半の人々は、同じレベルの作品を書けるわけではないし、世界の名曲、名画をこよなく愛する人々の大多数が、作曲家でも絵描きでもない。

これは、至極当たり前のことなのだが、わたし自身が、それを生まれて初めて自分自身の問題として実感したのは、この学校に通うようになってからだった。あらゆる授業が、生徒のアクチヴな知識を確認する形で組まれていたからだ。

たとえば、テキストを一段落ずつ生徒に声を出して読ませるということは、日本の学校の国語の授業でも度々行う。

「はい、○○君、良く読めましたね。では、△△さん、次の段落を読んでください」

となる。ところが、ソビエト学校の場合、一段落読み終えると、その内容を自分の言葉で掻い摘んで話すことを求められるのだ。かなりスラスラ文字を読み進めるようになり、おおよその内容も理解できるようになったわたしも、この掻い摘んで話す、ということだけは大の苦手だった。当然、絶句してしまい先生が諦めてくれるまで立ち尽くすということになる。非ロシア人ということで、先生も大目に見てくれていたのだ。

　ところが、ドラゴンは執念深かった。なかなか諦めてくれない。しかし、十二分に楽しんだはずの本の内容を話して聞かせようとするのだが、簡単な単語すら出てこないのである。俯いて沈黙するわたしに、ドラゴンは助け船を出してくれた。

「主人公の名前は？」

「ナターシャ……ナターシャ・アルバートヴァ」

「歳は幾つぐらいで、職業は？」

「ハチ。ガッコウイク。ニネン」

「ふーん、八歳で、普通学校の二年生なのね。それで」

ドラゴンは、わたしの発する一語一語をまるで腹を空かせた猛獣がテリトリー内にいる獲物を一匹たりとも逃すまいとするかのようにひっつかまえて、いちいち正しい言い方に直し、整った文章に再構成してみせる。そしてさらに先に進むよう促すのだった。

「チーサイネコヒロウ。ナターシャネコアイスル。トテモトテモアイスル。ママダメイウ」

「そうか。身寄りのない仔猫が可愛いくて仕方なくて、拾って飼おうとしたのだけど、母親が許してくれなかったのね。それで」

わたしの話を聞き取ることに全身全霊を傾けている、ドラゴンの獰猛に輝く青緑色の瞳に吸い込まれるようにして、わたしは何とか本のあらすじを最後まで話し、さらには作者のメッセージを曲がりなりにも言い当てることができた。それでもドラゴンは飽き足らず、二冊目の本について話すよう催促し、同じような執念深さで聞き取っていく。


ようやくドラゴンから放免されて図書室から出てきたときは、疲労困憊《こんぱい》して朦朧《もうろう》とした意識の中で、金輪際ドラゴンの尋問は御免被りたいと思ったはずなのに、まるで肉食獣に睨まれて金縛りにあった小動物のように、わたしは図書室の本を借り続けた。そして、返却するときにドラゴンに語り聞かせることを想定しながら読むようになった。活字を目で追うのと並行して、内容をできるだけ簡潔にかつ面白く伝えようと腐心しているのである。不思議なことに、その方が面白く、集中力が増すのか、それともロシア語力が伸びていた時期と重なっていたせいか、読む速度がどんどん速くなっていった。

ドラゴンは毎回注意深く聴き入り、大げさなくらい肯いたり笑ったりする。そしてビシビシわたしのロシア語の語彙や文法の誤りを指摘し、そのうち、わたしの読み方の甘いところを容赦なく突いてくるようになった。議論になって、帰りのバスに乗り遅れてしまったこともある。

ある日、国語の授業で、声を出して読み終えた後、国語教師はいつものように期待せずに、形だけの要求をした。

「では、今読んだ内容を掻い摘んで話して下さい」

わたしは自分でもビックリするほどスラスラとそれをやってのけた。いつのまにか、わたしの表現力の幅と奥行きは広がっていたのだった。国語教師もクラスメイトたちも、しばし呆気にとられて静まりかえった。わたしは頰が弛むのを必死で堪《こら》えながら、心の中でドラゴンに感謝した。

今も、本を読むときに、頭の片隅でドラゴン・アレクサンドラにどんな風に語り聞かせようかと考えている自分がいる。

『嘘つきアーニャの真っ赤な真実』を書いた理由

一九五九年から六四年まで親の仕事の都合で滞在したプラハ時代の級友たちの写真や、やり取りした手紙は今も大切に保管しているし、一人ひとりの姿形や言動は鮮やかな映像として脳裏に刻み込まれている。ギリシャ人亡命者の娘リッツァが、まだ一度も仰ぎ見たことのない故国の青空を自慢するときのウットリとした表情。昔は貴族の屋敷だった建物に住むルーマニア共産党幹部の娘アーニャがお手伝いさんに、「同志!」と呼びかけるときの声音。画家志望のユーゴスラビア人ヤスミンカが、「わたしの神様は葛飾北斎」と言うときの瞳《ひとみ》の輝き。記憶の中の級友たちは、いつまでも少女のままである。

記憶の枠内に収まるはずの物語の続編が気がかりになってきたのは、社会主義体制が音を立てて崩れ始めてから。仕事の合間を縫って級友たちが戻ったであろう国々を旅した。リッツァは憧《あこが》れ続けた故国の青空の下へ帰れたのか、チャウシェスク政権幹部の娘アーニャは無事なのか、民族浄化の直中にあるユーゴスラビアでヤスミンカは生きているのか?

自力での捜査は困難を極め、諦《あきら》めかけていた頃、二人の美女がわたしの目の前に現れた。

そして、「お好きなテーマで旅をしてください」と夢のような提案を口にするではないか。テレビマンユニオンのプロデューサー大森裕子さんとディレクター長澤智美さん。NHK『世界・わが心の旅』という番組の「旅人」になってくれというのだ。「リッツァ、アーニャ、ヤスミンカに会いたい」と言って、手元にある彼女たちに関するすべてのデータを二人に託したものの、あまり当てにはしていなかった。

テレビマンユニオンの各国ネットワークがKGB並に強力であったとは！　三人全員との再会を果たせたのは、そのおかげである。番組の出来も素晴らしかった。何度も再放送され、二〇〇〇年暮れには、過去に放送されたシリーズベスト5に選ばれてもいる。

リッツァはドイツで開業医をしていた。ヤスミンカは画家を諦め故国で通訳者になっていた。かつて熱烈な愛国主義者だったアーニャはイギリス人と結婚しロンドンに住んでいた。「わたしの中でルーマニアは一〇パーセント以下、もう完全なイギリス人なの」「国境なんて二一世紀には無くなるのよ」「民族とか言葉なんて下らない」などと言う。番組は、アーニャの言葉を追認し美化する形で終わっている。国や民族や言葉から自由になる、なんて恰好いい生き方なのだろう、という感じで。

しかし、わたしにはこのアーニャの発言が心に引っかかった。番組を録画したビデオを見たリッツァやヤスミンカの反応は、さらに過激だ。「胸くそ悪くてアーニャの発言のところでスイッチを切ったわ」。

どうして二人の優秀なテレビウーマンが納得し、多くの日本人視聴者が感動したアーニャの発言に、わたしや他の級友たちが欺瞞《ぎまん》と偽善の臭いをかぎ取ったのか。そこに、日本人の考えるグローバル化と本来の国際化のあいだの大きな溝があるような気もした。しかし、それを一言で説明するのは不可能だった。さらに三人の級友たちに二回ずつ会いに行き、インタビューを重ねて、三つの物語を書くことになったのは、そのためである。

秘蔵の書

「この椅子、高さを調節するネジがバカになっているのよ。だから、これをお使いになるとよろしいわ」

ピアノがセットの椅子とともにわが家に運び込まれたときに、運搬会社の人の後からやって来たナターシャの母親が、この本を椅子の上に置いてそう言ったのである。

「ほら、座面のサイズにピッタリでしょう」

小学校三年のときに移り住んだプラハでの生活に慣れてきた頃、良いピアノ教師が見つかり、日本を離れて以来中断していたピアノのレッスンを再開することになった。折しも同じアパートの六階に住む上級生ナターシャの一家がモスクワに帰るというので、一家が借りていたピアノを、今度はわが家で借りることになった。その椅子の高さ調節用の部品として縦三五センチ横二六センチ厚さ三センチのこの本を譲り受けた。

濃緑色の表紙に金字でネクラソフと刻まれている。プーシキン、レルモントフと並ぶロシア三大詩人の一人。国語の授業で暗唱させられた『緑のざわめき』という詩を思い出した。

行くよ唸るよ緑のざわめき／緑のざわめき春のざわめき／さながらミルクをたっぷり浴びた／桜の園が並び立ち／静かに静かにざわめくよ／やわらかなお天道様に暖められて／陽気になった松林もざわめくよ／その傍らでは新たな緑で／新たな歌をかたことささやく／淡い色した菩提樹も／緑のお下げの白樺も
この肉親愛にも似た自然観、詩に特有の気取りや格式を排した歌うような言葉遣いには惹かれたものの、わたしにとっては、ゴマンといる詩人や作家の一人に過ぎない。

ところが、分厚い重い表紙をめくったとたんに、ネクラソフが生きた一九世紀半ばのロシアに時空間移動していた。

ヴォルガ河畔の村。無教養で漁色と狩猟にふけるしかない中流地主の父は、使用人と家族にしじゅう暴力をふるう。物静かで文学好きの母親は、不幸なまま若死にする。幼年学校入りを強要する父親に従うふりをして、首都ペテルブルクに出てきたネクラソフは大学を受験するが失敗し、自費出版した詩集も酷評される。父親が送金を止めたため、家庭教師や雑文書きをしながら貧民街で生きる。貴族出身でありながら過酷な生活を経た彼が書いた詩は斬新で、たちまち当代随一の人気詩人となる。同時に発行部数も影響力も最大の総合雑誌『同時代人』の編集長に就任し、農奴解放を旗印にしていたため常に当局の監視に晒《さら》されながらもドストエフスキー、トルストイなどを発掘しその才能を育てる……当時を物語る絵、手紙、日記、作品、肖像画、記事、漫画、写真などの超一級の資料が、詩人の生涯をたどる形で時系列順に並べられており、当時の空気を吸い込みながらいつのまにか詩人の伝記を頭の中に綴っている。出来合いの伝記にはないインパクト。限られた研究者や好事家の目にしか触れられないような資料が、こうして万人にアクセス可能なものになっている。一九五五年に刊行されているが、今でも、いや一〇〇年後でも二〇〇年後でも、きっとこれを開いた人々は、一九世紀ロシアの詩人ネクラソフの生涯と作品、その時代にワープすることができるはずだ。本を閉じたときには、ネクラソフは大好きな親戚のオジサンのような存在になっていた。

ピアノ教師は正視するのが怖いようなハンサムで、わたしは彼の前で間違えるのが恥ずかしい余り、一年もしない内にピアノを止めた。でも、ピアノの部品だったはずのこの本は帰国するときに持ち帰り、もう四〇年もわたしの手元にある。

お父さん大好き

太っててキョーサントーなんだから

子供の時分は大体誰も自分の親は世界一と思い込んでいるものですから、ひとたび子供同士の間で親自慢が始まると、一人として譲る者なく、自慢内容もどんどんエスカレートしていきます。僕んちのお父ちゃんは会社の部長なんだぞ！　京子のパパは一日に六〇本もタバコ吸うんだから！　家の父ちゃんすごいんだ、夜仕事に出かけて朝帰ってくるんだよ！　こんな時私も（恐らく目を輝かせて）言ったものです。「家のお父ちゃん太ってるんだから、キョ、、、ーサント、、、ーなんだから！」。この最後のところで相手は必ずキョトンとして「何だ、キョーサントーって？」と尋ね返してきます。そこで勝ち誇ったように「知らないのか、ジ、、、ミ、、、ン、、、ト、、、ウの反対だよ」と言って、相手がさらに困惑の色を濃くしているところにとどめを刺すのです。「マリやユリのお父ちゃんはね、一六年間も地下に潜っていたんだから！」――こう言いつつも心の中では思ったものです、「一体あの大きなお父ちゃんは、どうやって地下に潜ってたんだろ、窮屈だったたろなあ」。当時はまだ馬込の家の周囲にも戦時中の防空壕が残っていて、その暗い穴の中を恐る恐る覗《のぞ》き込みながら、「こんなところに一六年も入ってたんだろか」と思って胸がドキドキしたのを覚えています。「地下に潜る」――大人同士の会話から聞きかじったこの言葉が「政治・社会活動が弾圧された時に非合法活動に入ること」を意味しているのが分って来たのは、小学校に入ってからでした。

では全く子供らしい単純な図式で「父＝《イコール》共産党＝《イコール》偉い」という風に捉《とら》えていたかというと、やはりそうは言い切れない気がします。例えば夏休みなど鳥取の父の実家を訪れた際に歴然と分る生活水準の違い。名前も覚え切れぬほど多数の使用人が身辺の世話をしてくれる心地良さと同時に差別の臭い。そういったものを自分なら拒否できるだろうか、それができた父は偉いなと子供心に感じたものです。

妹が電車の中で♬民衆の旗、赤旗は……

しかし、とにかくわたしも妹も父が大好きで大好きで、別に「政治教育」を受けたわけではないのですが（大体父は説教といったものを全くしない人で、わたしたち姉妹を何らかの「理想型」に流し込んでいこうとする意志を父の中に感じることは一度もありませんでした）、この父への愛を全ての太っている男性と共産党へ普遍化していった節がありま す。妹は三歳の頃、太ったおじさんに会う度に、電車の中だろうとデパートの売店だろうと、つかつかと歩み寄って、「おじちゃん太ってるねえ、おじちゃんは共産党？」という問答をやって母をハラハラさせたものです。また国電で代々木駅を通過する時など、わたしも妹もまだ二階建の共産党本部の上に翻る赤旗を確認するのを楽しみにしていて、「ほら、赤旗だ！　あそこにお父ちゃんがいるんだ！」と車内の人々に自慢し始め、挙句の果てに「民衆の旗、赤旗は……♪」と歌い出したりするので、当時レッド・パージで農林省を首になっていた母の弟、わたしたちの叔父《おじ》は、万里やユリを遊びに連れ出すのはいいが、アレをやられるから困るとこぼしてました。

今思えば確かに五〇年代当時の共産党をめぐる状勢はまことに厳しいもので、レッド・パージ旋風が吹き荒れたのは、つい昨日のことという時期でした。でも、わたしたち姉妹が無頓着《むとんちゃく》に伸び伸びと振舞えたのは、単に幼い天真爛漫《らんまん》さからだけではない、苦しい時代の苦しさを微塵《みじん》も感じさせない父のおおらかな楽天主義に包まれて育ったせいではないかと思うのです。

創作民話、手品、トランプ、チェス

そのころ父は毎晩違うおとぎ話を創っては話してくれ、新しい手品を仕入れては見せてくれてわたしたち姉妹の絶対の信頼をかちえていました。毎晩「お話しして！」とせがむわたしたちを満足させるために、父は様々な種本にあたったようで、父の郷里の山陰地方の民話や柳田國男の『日本昔話』などをもとに父の創作を加えたものが多かったようです。わたしが小学校にあがってから、たしか一年生の時「皆の前に出てお話をする時間」というのに父から聞いたおとぎ話の一つを披露しました。それが相当好評で、以来教師が「今日は誰にお話ししてもらいましょう」と呼びかけると、教室中から「米原さん！」と声がかかり、わたしはいそいそと前に出ていったものです。教室中が笑いころげたこの父のおとぎ話の人気の秘訣《ひけつ》は、きっと説教臭が全くなかったことと、当時の公式的児童文学では禁句《タブー》でありながら、子供たちが実は大好きな、「ふんどし」とか「おしっこ」、「うんこ」、「おちんちん」などがふんだんに登場したせいかも知れません。

手品の方は毎回三種類は見せてくれ、内一つは必ずせがまれて種明かしをしてしまうのでかなりトラの巻を買い込んでいて、早朝や原稿書きの合間などよく新しい手品の研究をしていました。手品だけでなくからくりのあるものは何でも好きで、トランプ、チェス、ドミノなど新しいゲームを仕入れてはいっしょに遊んで教えてくれました。水泳、卓球、ボートのこぎ方や犬猫の飼い方まで、とにかくいかに楽しく遊ぶかということはどれも父に教わった気がします。ちなみに犬猫の飼い方の秘訣は「地下に潜って」一人で暮していたころに身につけたそうで、けっこう非合法生活を楽しんでいた節があります。

あの当時から五年ほど前に現役を退くまでの間、かなり過密なスケジュールの網の目に縛られていたはずですが、父はいつもゆったりと落ちついておだやかでした。といって腰が重いというのではなく、むしろ逆で、朝起きると家中のゴミを集めて燃やすとか、仕事から帰るとすぐ物干し場に直行して洗濯物を取り入れてしまうとか、体を動かすことを何の苦もなくする人でした。雨が降るとよく国会や共産党本部から電話が入ったものです。「朝干しといた洗濯物、悪いが取り入れといてくれ」と。

「万里や、紅茶が入ったよ」と朝寝坊のわたしをよく起こしてくれました。本当に最後まで、わたしは面倒のかけどおしでした。

童女になっていく母

母に抱いてもらった記憶がない。母に抱かれた乳児だった頃のわたしの写真があるから、抱かれたことがないわけではない。わが記憶力がカバーできる年齢以降の、要するにわたしが意識ある人生を歩みだしてからは、心して抱かなかったみたいなのである。いや、一度だけある。三歳のとき中耳炎を患って手術をすることになり、医師が母に向かってわたしを抱きかかえるように指示したとき、母は厳然と言い放った。

「うちは教育上の配慮から、子供は抱かない方針なんです」

結局、手術台として使われる、そこの耳鼻咽喉《いんこう》科の患者用の椅子が大人仕様で子供のわたしには大きすぎてすわりが悪いからと、医師に説得され渋々わたしを抱きかかえたのだった。とにかく記憶にある母は目一杯突っ張って来た。幼稚園で節分の風習を知り、母にねだったことがある。

「ねえ、うちでも豆まきをしようよ」

「あの『鬼は外、福は内』っていう思想が気に入らない。うちは豆まきはしない！」

あるいは、小学校に上がる頃、「男の子が黒いランドセル、女の子は赤いランドセル。けしからん」というわけで、わたしに買い与えられたのは茶色いランドセルであった。子供は他の子供たちと同じでありたいという気持ちがとりわけ強いから、そう、わたしも本当は赤いランドセルが欲しかったから、被保護者の身分ゆえ、こういう母のエキセントリックな方針に従わざるを得なかったのは、なかなか苦しいものがあった。それでも独立心をことのほか尊び、甘えを唾棄《だき》する母の美意識に知らず知らずのうちに染まっていった。

その母に異変が生じたのは、一五年前の父の死がきっかけである。「天井を虫が走っている。気味が悪い」（後で知ったことだが、老化のため脳が萎縮《いしゅく》するプロセスでそういう幻影を見るらしい）と訴えるようになり、自分でも変に思ったのか、あちこちの病院に通いだした。その前後に婦団連を退職し、低賃金の激務から突如解放されたのはいいものの、今までほとんど家事をしてこなかったし、娘たちは母の教育方針のおかげもあって完全独立を果たしてしまっていたしで、誰にも必要とされない自分に突然気づいて愕然《がくぜん》としたのかもしれない。その程度に考えていた。

夕方あたりが薄暗くなってくると、不安と恐怖におそわれて家中の戸締まりを何度も何度も確認し始める。そして一人で寝るのが怖いと言い始める。こちらに決して甘えることを許さなかった母がいきなりしなだれかかってきて、えもいわれぬ不快感におそわれたものだ。税金の申告から家政全般にわたって、いかに母が何も知らないで来たか、全てを父に頼り切って来たかということを、父の死後目の当たりにして、母のメッキが剥《は》がれるのを見た思いがした頃だった。自分が人一倍依頼心が強く臆病《おくびょう》だからこそ、他人にあれだけ厳しく甘えを極力排した独立独歩を強要したのだ。本当に独立した人は、もう少しその困難についての想像力が働くもの。母に対する軽蔑《けいべつ》の念がムクムクと盛り上がってきていた。

わたしに添い寝を拒まれた母は隣近所を片っ端から徘徊《はいかい》して泊まらせてくれと乞《こ》うようになった。それと並行して物忘れが激しくなってきた。様々な病院で下される診断は二転三転するが、結局老人性脳動脈硬化症つまりボケに落ち着く。時は、八月クーデターからソ連邦崩壊に至る時期で、ロシア語通訳者のわたしは過労死するのではと思えるほど多忙を極めた時期であった。母のお守りに泊まり込みの家政婦を雇わざるを得なかった。

それは、結果的にとても良かった。家政婦さんがとてもいい方だったこともさることながら、家事全般を請け負ってくれたおかげで、わたしの時間に、そして心に余裕ができたのである。母のことをより透明な眼差《まなざ》しで見つめることができるようになった。

幼児期の出来事を鮮明に覚えている母は、それを三〇秒前に語ったことはすぐに忘れるものだから、何度も何度も語り聞かせる。二階で仕事をするわたしと、下の食堂でともに食事をするわたしと「万里は二人いる」と自分の産んだ娘の数まで混同してしまうのに、小学校の頃覚えたらしい「知らざあ言って聞かせやしょ、浜の真砂と五右衛門が歌に残した盗人の種は尽きねえ七里ヶ浜……」に始まり「弁天小僧菊之助たあ俺がこった」に終わる長々しい口上を一気にまくし立てるのである。「お母さん、その『とうとう島を追い出され、それから若衆の美人局《つつもたせ》』っていうそのツツモタセって何のこと？」と訊《たず》ねると、「あの辺りで運送業を営んだんでしょうよ」という解釈を聞かせてくれる。

記憶力を失いつつある人間は、これほどまでに純粋に、清らかになれるものなのか。母を観察していて、つくづくそう思うこの頃である。見栄や突っ張り、欲や恨みから解放された母は接する人すべてに限りなく優しい。「さぞ大変でしょう」と様々な方から同情いただいているが、母との暮らしがわたしに与えてくれる心の安らぎは何物にも代え難い。

父の元へ旅立つ母

若い頃の母は、子供の目から見ても批判精神の塊のような人で、毒舌が絶えませんでした。幼稚園で節分の豆まきのことを教わってくると、「〝鬼は外、福は内〟というあの思想が気に入らない。家は豆まきなんかしない」と言う。「お宅のお嬢さんは協調性が無くて困る」と言われると、「家の娘ごときに手こずる幼稚園など、こちらから願い下げ」と捨て台詞《ぜりふ》をはいてすぐさま転園させられました。小学校に上がるときは、「男の子は黒いランドセル、女の子は赤いランドセルなんておかしい」とわたしが持たされたのは茶色いランドセル。子供心にもヒヤヒヤしたものです。でも、新築の家の壁がわたしと妹の落書きだらけになっても、「こんな大きな真っ白の壁を見て絵を描きたくならない子供がいたら、その方が心配だ」と豪語する太っ腹なところもありました。焼き芋の屋台が来たので買いに行こうとすると、「ウン、焼き芋は炭水化物とミネラルと繊維が豊富でよろしい」と言わずにはいられない母を見ながら、「ああ、こうはなりたくない」と少女時代は思っていたわたしも妹も気が付くと母とそっくりな物言いをしている今日この頃です。

六四年にプラハから帰国後、母は婦団連の国際部長として低賃金と激務をものともせずに活動し、五大陸八〇ヵ国以上を訪問しました。とくにベトナム侵略戦争反対、ソ連による国際婦人運動の覇権的支配に対して果敢に戦いました。

八二年三月、夫の祀《いたる》が難病に罹ったことが判り看病のため婦団連を退職。しかし五月には最愛の夫を失いました。その精神的打撃は大きく、不安神経症的な症状に苦しめられるようになりました。その姿を眺めながら「良き夫に恵まれると、失った時の不幸が大きく、悪い夫だと、無くなったときの解放感が大きい」という諺《ことわざ》が浮かんだほどです。

事態を打開しようと、八三年、母はフランスに語学留学しますが、夫の写真を眺めながら涙を流すことが多かったようです。八六年に帰国後はフランス語学習サークルや翻訳にも手を染めますが、痴呆の症状が顕著になってきました。

病状が進んでからの母は、元気な頃の毒舌回路が完全に反転して、あらゆる人と物事に好意と感謝を抱く仏様のようになりました。記憶が薄らいでいく人間はなんと純情で可愛くなっていくのだろうか、と感心したものです。入退院を繰り返すようになって、どんな苦しいときにもニッコリ微笑んで、「ありがとうございます」「いいあんばいです」と感謝する、理想的な患者でした。ただ一つ心残りなのは、作家になったわたしの本を一冊も読んでもらえなかったことです。でも、だからこそわたしは伸び伸びと嘘八百を書けたとも言えます。それに、痴呆が進んだおかげで死の影に怯《おび》えることなく過ごせたのは不幸中の幸いだったと思います。

元気で毒舌だった頃の母も、仏様のようになった母も、多くの人たちに愛され支えられてきました。今日そのお世話になった方々がこれだけ沢山駆けつけてくださって、きっと愛する夫昶さんの元へ最後の旅に出発する母も大きな勇気とエネルギーを得たことでしょう。ありがとうございました。

（二〇〇三年一〇月四日　告別式にて）

Ⅵ　対談　プラハ・ソビエト学校の少女たち、その人生の軌跡

米原万里 VS 池内 紀

プラハのソビエト学校

米原　わたしがプラハにいたのは、一九五九年の秋から六四年の暮れまでですが、池内先生も同じような時期にプラハにいらしたそうですね？

池内　僕は、六七年から六九年までウィーンに留学していて、何度かプラハを訪ねました。

米原　ちょうど六八年の「プラハの春」（チェコの政治・経済改革運動）の頃ですね。

池内　「人間の顔をした社会主義」ですね。そのあとの武力制圧に立ち会いました。ウィーンではずっと号外が出ていましたよ。「プラハの春」以降はなかなか行けなくて、チェコには全部で四回行っただけなんです。

米原　社会主義にあこがれていた人たちにとっては、五六年のスターリン批判とハンガリー事件でかなり幻滅し、それをさらに駄目押ししたのが「プラハの春」でした。私は両親が共産主義者だったものですから、社会主義というのはいいものだと思って行ったんです。私が小学三年生で、妹が一年でした。

池内　ソビエト学校に通ったんですね。

米原　ええ。ソ連の衛星国や友好国になった国には大勢のソ連人の技術者や軍人が駐留していました。その子弟のためにつくられた学校です。ナチス・ドイツの占領から解放してもらったお礼に、チェコスロバキア政府がソ連にプレゼントした学校だと教えられていたのですが、今回、三〇年以上たって友達を探し歩くためにいろいろ調べてみたら、どうやら第二次世界大戦前の三〇年代には、すでにロシア人学校があったということがわかりました。ロシア人コロニーがあり、そのロシア人たちが学校をつくったんです。チェコ政府はその学校を没収して、ソ連政府に献上したわけです。

池内　ロシア語、ロシア文化の教育のための学校ですか。

米原　そうです。常時、五〇ヵ国くらいの生徒がいました。一学年一クラスで二〇人から三〇人、それが八年生までですから、全校で一六〇名から二〇〇名くらいの学校でした。

池内　チェコの学校制度では、そこを卒業すると高等部に進み、その後大学へ進むわけですね。

米原　チェコの高等部に進むか、あるいは本国に帰るかですね。でも、わたしが日本に帰国したあと、学制が八年制から一一年制に改変されて、卒業するとそのまま大学に行けるようになりました。

池内　日常生活はチェコ語ですか？

米原　チェコ語は生活に必要だから何とか覚えるんですが、授業で使うロシア語は日常生活のことばではないので難しい。それでも、どこの国の子供でも、半年以内には必ず不自由しなくなるのには驚きました。

聖書にバベルの塔の話がありますね。人類はもともと一つのことばだったけれども、塔をつくるような傲慢《ごうまん》なことをしたので神様が怒り狂って、みんなのことばを通じないようにばらばらにしてしまったという話。あれはフィクションだと思っていたけれど、もしかしたらノンフィクションではないかと思えるほど、半年くらいでみんなロシア語がわかるようになりました。

池内　同じ年頃の子供たちによる精神的な共同体ができていたということも大きいんでしょうね。

米原　それから、おもしろいことにも気がつきました。言語的にロシア語に近いチェコ語やポーランド語、ブルガリア語、ユーゴのセルビア語などはいわば親戚《しんせき》語で、言語的に近ければ近いほど当然マスターしやすいんですね。たとえば、われわれ日本人がロシア語をマスターするのに半年かかるとしたら、親戚語の人たちは二、三カ月、ブルガリア語を使う人などは二週間くらいでロシア語に不自由しなくなるんです。

ところが、言語的に近いところの人は永遠にちゃんとは身につかないし、自国語の訛《なま》りも残ってしまう。ことばの体系が近いので、似たような言語構造をつい使ってしまうんですね。反対に言語的に遠い人たちは、時間はかかるけれども完璧《かんぺき》にことばを身につけ、習得していきました。

池内　今回の本（『嘘つきアーニャの真っ赤な真実』）では、そのソビエト学校の同級生のことをお書きになったわけですが、前から訪ねてみたいと思っていたんですか？

米原　友人たちと別れるときはまだ子供でしたし、またすぐ会えると思っていたんです。でも、日本に帰ったら日本の生活に慣れることに精一杯で、だんだん忘れてしまった。

池内　そうそう。別れるときはお互い「手紙を書くからね」なんて言い合うんだけど、だんだんずぼらになってくる（笑）。

米原　でも、東欧が激動し、社会主義が総崩れしていくと、友達はいったいどうしているのかと気になってきて……。社会主義時代も情報の壁が厚くてなかなか調べられなかったのですが、それが崩れてしまうと、痕跡《こんせき》さえなくなってしまいました。

池内　ビロード革命が起こるまでは、出かけること自体が難しかったでしょう。

米原　「プラハの春」以降は、特に弾圧され、硬直しました。ビロード革命後はもちろんオープンにはなったんですが、そのときにはすでに多くの時間が経過していましたから、足跡を調べるのも難しかった。ちょうどその頃、ＮＨＫの『世界・わが心の旅』というテレビ番組で、どこでも好きなところに行っていいというお話をいただいたので、友達六人くらいを選び出し、そのうちの三人を訪ねることができたわけです。あの番組の協力がなければ、とても捜し出せなかったと思います。

一人ひとりが国を背負う

池内　僕のウィーンの友人の中には、ポーランド系の人やスロベニア人がいますが、ウィーン市民にとっていろいろな民族の人がいることは、ごく普通のことです。最初に紹介されるときには国名を言われるけれど、しばらくつきあっていくと、人種や国名に対してはほとんど意識しなくなるでしょう。

米原　もちろん、友達であるかぎり意識はしませんが、でも、わたしのいた学校の場合、みんな一時的にプラハにいるだけだったでしょう。父親の赴任にくっついて二、三年来ているだけで、いずれはみんな国に帰っていく。親がアルジェリアの独立運動の戦士で、投獄され、脱獄したお尋ね者だという子がクラスに入ってきたり、ベネズエラのゲリラの息子もいたり、そういう環境でしたから、みんな自分の国とか民族というものをいやおうなく背負っていました。

池内　それはたいへんな背負い方ですね。個人個人が国の一部を背負っているみたいなものじゃないですか。

米原　わたしもつい背負ってしまいました（笑）。日本にいるときは国なんて全然意識しないんですが、ヨーロッパでは常に隣国と鼻を突き合わせ、鍔《つば》ぜり合いをしているでしょう。

池内　迂闊《うかつ》に国というものを捨ててしまうと何もなくなってしまいかねないですから。

米原　だから、本当にたわいもないことを自慢しあっていました。たくさん雨が降るとかね（笑）。日本にいると梅雨なんて不快指数も高いし、鬱陶《うっとう》しくてたまらないんだけれど、チェコは年間降水量が日本の一〇分の一という国なので、「なんて乾燥しているの。日本は水分がいっぱいあるから肌はスベスベだし、髪はぱさつかないし、空気を吸うのだって楽だし、すごくいいのよ」なんて、そんなくだらないことを自慢するんです。

池内　ウルトラ・ナショナリストになるんですね。

米原　でも、それを許しあうというか、みんな愛国心をもっていて当然で、ないほうがおかしいという雰囲気がありました。

池内　本に登場するのは、ギリシャ人のリッツァ、ユダヤ系ルーマニア人のアーニャ、ユーゴスラビアのムスリム人ヤスミンカの三人ですが、自分を日本人だと素朴に信じているわれわれには想像もつかないようないろいろな荷物を、生まれたときから背負っている人たちですね。

米原　そうなんです。リッツァもギリシャ生まれではなくて、お父さんが軍事独裁政権時代に反ナチ運動をやって亡命し、そのまま帰れなくなり、ヨーロッパ各国を放浪して歩いた人の娘ですから、生まれたのはルーマニアなんです。

池内　血筋はギリシャで、生まれはある国で、育ちは別の国……。
米原　それで少女期にたまたまチェコにいたと。ところが、こういう人ほど自分はギリシャ人だという気持ちが強いんですね。
池内　アイデンティティというものを強烈にもっている。
米原　そうなんです。チェコは、いつも空が低くて、陰鬱《いんうつ》な灰色をしているんですが、リッツァは、「マリ、あなた、ギリシャの空がどれだけ美しいか知らないでしょう。あの空をあなたに見せてあげたいわ」なんて言う。ところが本人は、まだ一度もギリシャの空を仰ぎ見たことがない（笑）。
池内　それが彼女にとっての夢であり、自分の国歌みたいなもの、絶えず歌っている歌だったんですね。けれども、彼女は学校を出たあと、愛するギリシャではなくドイツに住むことになりましたね。
米原　一度は、軍事独裁政権が崩壊し、民主化されたギリシャに帰ったのですが、そこで幻滅したんです。「青い空はよかったけど、あとはもうダメ。ギリシャの男は封建的で女を人間として扱ってくれないし、トイレも汚いし、平気で動物を虐待する」なんて、さんざん言ってました（笑）。
池内　夢見る人は薄情でもありますからね（笑）。
米原　ああいう場所では、誰しも自分の国を背負わざるをえなかったんです。ところが、その国が崩壊し、運命が変わっていく。そうすると人間はどうなるのか。国から完全に自由にはなれないし、ことばからも自由にはなれない。抽象的な人間なんていないんですね。どこかの国で生まれ、あることばで世界を認識し、自己表現する術を覚えて大人になっていくわけですから、そこから完全に離れることは不可能なんですよ。

才能は神様からの贈り物

池内　絵画の時間に、ロシア人の先生がヤスミンカの絵を見て、その才能に感激し、同僚の先生たちまで巻き込んで大喜びするというシーンはとても印象的でしたね。

米原　劣等生であれ、優等生であれ、ある才能を見つけると、先生はそれを手放しでほめるし、みんなもそれを祝福し、喜ぶんです。

池内　それは小さな子供に対する教師だけでなく、たとえば自分と同じ年頃の、いわば競争相手に対してもそうなんですか。

米原　ええ。必ずしも自分が教える立場だからというだけではないですね。

池内　競争相手が才能をもっていたら、悲しいことに僕なんかすぐに焼き餅《もち》を焼くんですよ（笑）。

米原　ロシア人には、自分の才能は自分だけのものではないという不思議な感覚があるんです。チェリストのロストロポーヴィッチさんの舞台を見たときのことですが、たいていの音楽家は舞台の前はイライラして、周囲五〇メートルには近寄れないくらいになるんですが、彼はまったくの平常心なんです。それで「どうして大丈夫なの?」と聞くと、「僕は天才だからだよ」と言うんですよ。鼻持ちならないでしょう(笑)。

でも、彼が自分を天才だと言い切るのにはちゃんと理由があって、高等音楽院時代に、自分の一〇倍練習している人が自分よりうまくならず、あまり練習していないのに自分はすごくうまく弾ける。努力して身につけた才能なら自分のものだけれど、僕の才能は神様がくれたものだから、自尊心とかうまく見せようとか、全然思わない、それが天才なんだというわけです。

池内 うーん、それは天才でないとなかなか言えないことですね(笑)。

米原 説得力があるでしょう(笑)。これはロストロポーヴィッチだけではなく、多くのロシア人たちに共通する考え方だと思います。というより、ロシア人のコミュニティ、人間関係のなかの特徴なんでしょうね。おそらくこれはギリシャ正教と関係があるのではないかと思います。

池内 コミュニティが成り立つための一つの要素、もっとも広い意味での宗教でしょうか。わが国の落語に出てきますが、江戸の頃には「心学」といった庶民哲学が非常に広がったようですね。天がしたんだから怒っちゃいけないという考え方、たとえば往来を歩いていて、打ち水を引っかけられても、天が水をかけたんだと思えば腹も立たないだろうってご隠居さんが言う。日本のコミュニティのなかでの倫理でしょうか。けれどもこれは、ある意味では体制を維持するための非常に便利な考え方でもある。天がおまえたちに与えた試練だと言えば、貧しさも我慢させることができますからね。

米原　チェコの劇作家で、「虫酸《むしず》が走るほどロシアが嫌いだ」という人がいます。国土を蹂躙《じゅうりん》された恨みももちろんですが、特にロシア人の宿命論がいやなんだそうです。未来に向かって一生懸命努力することを捨ててしまっていると。

池内　なるほど。ロシア正教は宿命論というわけですね。

米原　ええ。プロテスタントは個人の力をすごく信じるでしょう。

池内　だからといって、それがいいとも限りませんよ。つきあっていて、鼻についてたまらないこともよくありますよ。

米原　社会主義体制がかなり堅牢《けんろう》だった頃は、社会主義陣営と資本主義陣営の対立があったけれど、これが取り払われてしまうと、その裏にあった宗教とか民族の対立がモロに出てきました。そうなってみると、あのイデオロギー対立自体、本当は宗教対立の仮の姿だったのかもしれないという気がするんです。リッツァが、スターリンはポーランド人やユダヤ人は大量に殺したけれど、ギリシャ人はほとんど殺してないと言ったことがありました。たしかにスターリンはグルジアの神学校の出で、グルジア正教はロシア正教と同じくギリシャ正教系なんですよ。
池内　その意味では、政治ではなくて宗教戦争みたいなものだったと？
米原　そうです。感情を支配するのは、代々伝えられてきた生活感覚や人生観、人間観のいちばん深いところ、エキスのようなものが大きく作用するんだなあと思いました。

ユダヤ人たちが背負った歴史

池内　ルーマニアのブカレストのイディッシュ劇場を訪ねる場面も印象に残りました。イディッシュ語は、音も綴《つづ》りもドイツ語が基盤になっていて、僕でも少し勉強しただけで、少しは読めるんですよ。
米原　ドイツ語の方言みたいでしょう。
池内　ええ。ザクセンの訛りのひどいドイツ語よりもわかりやすいくらいです。イディッシュ劇場が今でもあるということは、ユダヤ人がたくさんいるってことですか。
米原　たくさんいるし、あんなに貧しいのに俳優のレベルも相当高かったですね。ミュージカルみたいなものなんですが、ことばがわからなくても楽しめました。
池内　善玉と悪玉の単純なストーリーですからね。今もあるとは知らなかったので驚きました。イディッシュということばをユダヤ人のアイデンティティとして大事に考えて、いわば文化財みたいなかたちで保存しているわけでしょうか。

米原　そうです。レーニンとスターリン以降は、少数民族を大切にするのが社会主義の存在価値の一つであるという考え方が看板でもあったんです。どの民族も対等という原則をどれだけ実現しているかということです。それをまたチャウシェスクがうまく利用したんですね。金持ちのユダヤ人が世界中に散らばっていますから、イディッシュ劇場をもっているというと、在外ユダヤ人が大量に寄付してくれますし。

池内　建前としては美しいし正しいけれど、それを運用するにあたって、できあがった官僚組織のなかでは、その建前が建前だけに終わっているということは無数にありますね。

米原　アーニャのお父さんもルーマニアのユダヤ系の商家に生まれて、革命前から運動に身を投じた人でしたが、革命が成就したとき、ゲオルギ・デジという労働党の書記長にユダヤ人の名前を捨てろと言われました。

池内　ツーケルマンという、いかにもユダヤ人的な名前をザハレスクに変えたんですね。

米原　民族国家をつくりあげるためには、国家の要人にユダヤ人がいるのはまずいという考え、まさに権力者のリアリズムです。

池内　米原さんの友人たちが政治の流れのなかで翻弄されたり、否応なく違った人生に向かわざるをえなかったことを読むと、あらためてヨーロッパの中央——彼らは東欧と言われるのを嫌いますから中央ヨーロッパと言いますが——その歴史的、政治的なものを生まれたときから背負っている人々、特にユダヤ系の人たちのことがよくわかります。

米原　小さい子供でも「あいつはユダヤ人だ」というようなことを言うんですから。

池内　きっと、食卓での何かの話のたびに、「いや、彼はユダヤだ」とお父さんがひとこと言い、座がちょっとの間シーンとする、そしてまた話がつながっていくというような場面が繰り返されているのでしょう。

米原　でも「あいつはユダヤ人だ」と言われる子はみんな勉強がよくできるんです。学校の階段の踊り場に優等生の写真が貼り出されるんですが、そこに貼り出されるのはみんな日本人とユダヤ人（笑）。これは文化なんでしょうね。学校の勉強のような、頭から詰め込んでいく知識や技能みたいなものを、日本人やユダヤ人は人生において重要視している。

池内　なんとか自分の世界をつくっていこうというときの一つの方法として、「まず勉強」というのがくる。教養を詰め込んで、それを自分の武器にするのと、ドルの紙幣を詰め込むのと、どっちがいいかということになれば、日本人はまず勉強をとるでしょう。ユダヤ系の人もだいたいそうです。「まず遊ぶ」というのがくる人種とは全然違う（笑）。

米原　たしかにそうですね。

歴史認識の難しさ

池内　数年前、ウィーンでエリアス・カネッティという人のシンポジウムがありました。カネッティはブルガリア生まれなので、われわれの考えではブルガリア人ということになりますが、血筋はスペイン人で、さらにたどるとスペインを追われたユダヤ人なんです。彼が生まれて初めて口にしたことばは、子守のお姉さんから教わったブルガリア語で、お祖父《じい》さんたちがしゃべっているのは一五世紀のスペイン語、さらに英語とフランス語を学び、その上でドイツ語を勉強します。カネッティはのちにドイツ語で仕事をするんですが、これは身につけた順でいえば五番目のことばなんです。それがやっと自分の思想語になる。

米原　シンポジウムはドイツ語で行われたんですか？

池内　ええ。その会議に一人、おもしろいハンガリー人がいました。ユダヤ系で、ハンガリー共産党員だったのが、どういうわけかハンガリー動乱の際にイスラエルに逃げた。その後戻ったり出たりを繰り返して、今はしがない翻訳の仕事をしていると言っていました。まじめな話もなかなかおもしろかったんですが、ビュッフェでの休憩時間には、駄洒落《だじゃれ》を言っては一人でクスクス笑っているんです。その時ふと思ったのですが、まじめにしゃべっているときの彼は本当はふまじめで、駄洒落を言ったり、からかったりして笑いに紛らしているときこそ、本当のことを言っているのではないか、笑いにくるんで初めて本心を出しているのではないかと。

時代のなかで歴史をどう読むかというのは、読み間違えたり、深入りしすぎたり、きちんと読んでいるつもりでもなかなか立ち入れない世界です。書いたものだけで判断して、彼はこういう思想をもっていたなんて言っていますが、本当は二重三重にねじくれているのではないかと感じました。

米原　どの国でもユダヤ人の扱いはすごく難しいんです。民族国家をつくる上でうまく利用しようとする国もあるし、排除しなければやっていけない国もある。また同じ国でも時代によってそれが変わってしまいます。

たとえば、アウシュヴィッツで大量にユダヤ人が殺されましたが、それによってドイツ人は世界的に断罪され、常に反省しなくてはならない立場に置かれつづけています。しかし、地元のポーランド人の協力がなければあんなにたくさんのユダヤ人を捕まえられなかったし、殺せなかったはずなんです。ワルシャワ・ゲットーが蜂起《ほうき》したとき、ポーランド市民はそれが鎮圧されるのを黙殺しています。ところが、ナチス・ドイツに協力したポーランド人、チェコ人、東欧の人たちは、まじめにそれに向き合って反省してはいません。

池内　小さな町の人たちは特に協力せざるをえなかったでしょう。自分を守るためには、他人を捨てなければならなかった。

米原　もちろんそうですが、それだけではなくて、常日頃からユダヤ人は邪魔だと思っていた人たちがたしかにいたんですよ。ナチスはユダヤ人を共通の敵とすることによって、侵略していった国々でも一定の支持を得られたんです。私がチェコに住んでいた五九年から六四年の頃も、戦争の傷痕《きずあと》はまだ生々しく残っていました。強制収容所から帰ってきた人たちがいっぱいいましたし、ドイツ占領時代の恐怖がそこここに漂っていました。

池内　かつてズデーテン・ドイツといわれたチェコの北西部はドイツ人が多かったし、文化的にはほとんど変わりがないですからね。

米原　同じ文化圏なんです。食事、建物、町のつくりなどもドイツそっくりです。だから、何かことが起こるたびにユダヤ人が恰好《かっこう》の餌食《えじき》になってしまう。

池内　同じことの繰り返しですね。その繰り返しのなかで、ユダヤ人は生きる知恵というか、生き延びる知恵というものをいくつも編み出しました。もちろんその必要に迫られたからですが、実にしたたかです。

米原　いざとなると国もパッと捨ててしまいますからね。

チェコの文学とチェコ人気質

米原　チェコ人のことを考える場合は、大河小説的なもの、大ロマンは生まれないということが言えると思います。ブラックジョークなんかはとても上手なんですが、主観に完全に身を委ねる、抒情《じょじょう》に身を委ねるということができない民族です。

池内　たしかにチェコの大河小説みたいなものは読んだことがないですね。延々と語るということをしない。一方、風刺劇みたいなものは実におもしろいし、うまいですよね。

米原　常に外側から自分を見て、皮肉に斜に構えている。だからハーシェクの『シュベイクの冒険』とかチャペック『山椒魚戦争』とか、そういうタイプの傑作は生まれるんですが、文学の主人公にはなれない。あの民族はあまりにも自分のことを客観的に見てしまうんです。負けるとわかっていたら絶対に戦いません。ドイツが入ってきたときもサーッと引いてしまいました。そういう気質がちゃんと文学にも反映されますから、チェコの抵抗文学はものすごくつまらないんです。それに較べてポーランドは、負けるとわかっていても戦うんですよ。どちらを愛するかといえば、私はポーランド文学のほうを愛しちゃうなあ。

池内　そういえば、つきあうんだったらチェコ人よりもスロバキア人のほうがいいとも書かれていました（笑）。

米原　チェコ人は常に計算しているところがありますから。

池内　何となくわかる気がします。僕の好きなチェコ人彫刻家のセカール氏は、強制収容所を生き延びて、やっと世に出たと思ったら、今度はプラハ事件があり、ドイツに亡命したんですが、その前はずっとスロバキアに住んでいたんです。首都ブラティスラバ、昔はプレスブルクと言いましたが、そこの図書館では、チェコで禁止されていた本などがぽつぽつ流れてきていたそうです。五〇年代のプラハではカフカなんて手に入らなかったけれど、ブラティスラバに行けば何とか手に入る、そんなこともあって、スロバキアのほうが住みやすかったと言ってました。

米原　あたたかいんですよね。ロシアとプラハで特派員をしたことがある新聞記者も、「ロシア人というのは底なしのお人よしだなあ。スラブ系だから同じかと思ったけど、チェコ人は姿形は似ていてもロシア人とは全然違う人種だ」と言っていました。ただし、冷たくて計算高くてシニックな人間というのは、真に残酷なことはしないんですね。底なしのお人よしほど残酷になれる。

池内　シニックな人間は自分自身も批判の対象にしますからね。底なしの善人が実はいちばん怖いんです。ルーマニアのチャウシェスクのやったことだって、ちょっと考えればいかにもばかばかしいことなのに、なぜか体制として整然となされてしまっていた。

米原　しかも、やっている最中は国民の一定の支持を得ているわけですからね。

池内　国民の支持を得るような構造をつくっていく。そういう構造や、絶えずそこから排除される人間の姿は、おもしろいんだけれど、文学にはなりにくい。仮になったとしても、その国の当事者には読まれないし、そもそも出版できません。よそで出しても、出した途端に別のものに変化してしまう。それを直接伝えるドキュメントなんて存在しない。人間が伝えるしかないんです。

米原　ルーマニアの残酷で言えば、あそこのナチス・ドイツの傀儡《かいらい》政権がやったユダヤ人虐殺やジプシーの虐殺は、ナチスも真っ青になるくらい残虐だったと言われています。同じくナチスの傀儡だったクロアチアも大量にユダヤ人、セルビア人を殺している。今のセルビア人にはその恨みもある。

池内　傀儡政権はノルウェーやスウェーデンにもできましたが、やっていることは全部同じでした。小ヒットラーが出てきて、同じような取り巻きが現れ、同じような構造をつくっていく。数年も経てば滑稽《こっけい》としか思えないようなことが、整然と進んでしまう。

米原　そういう意味では、人類は普遍的で類的存在だということでしょうか。

謎解きのような旅を終えて

池内　そういえば、同級生三人のなかに、ロシア人は入っていませんでしたね。

米原　調べにくかったということが第一の理由なんです。ソ連人は当時から外国人とのつきあいを規制されていたし、帰国後の文通も止められたようです。こちらから手紙を出しても返事が来ませんでしたし、とにかく外国に対して異常に警戒心をもっていました。ロシア人の友達はみんな人がよくて、親しい人もたくさんいたのですが、心のなかではどこかで一定の距離があったという気がします。

池内　いろいろあるんですね。友達を捜すのも、最初はわずかな情報からたぐっていったわけでしょう。

米原　日本に帰ってからも文通が続いていた人のほうが手掛かりがあって捜しやすかったんです。東ドイツの男の子やハンガリー動乱を生き抜いた男の子にも会ってみたかったのですが、結局は見つかりませんでした。

池内　男と女は基本的に差はないけれど、体制の変化や革命をくぐり抜けたり、国外に追放されたりという直接的な影響を受けるのは、男のほうが大きいのかもしれません。

米原　たしかにそうですね。でも、女の子でも、結婚すれば名前が変わってしまいますから。ユーゴスラビアのヤスミンカは、父親が集団大統領制の大統領の一人だとわかった時点ですぐに見つけられたんですが、それを知らなかったら、結婚後の彼女まではたどり着けなかったと思います。

池内　三一年ぶりに会って、すぐに彼女たちだとわかりましたか。

米原　電話で約束して会いましたから。もしも道ですれ違うだけだったら、絶対にわからなかったでしょうね、彼女もわたしも（笑）。

池内　姿は変わりますからね。米原さんなら、すぐわかるでしょう。あちらの人はヴォリュームが別人になる（笑）。僕は過去の記憶を大切にして生きている人間だから、今さらそれを壊されても困るという気持ちが強いんですが（笑）、米原さんの旅ではそういうことはなかったんですか。

米原　わたしは友人たちに対してそれぞれに謎があったので、やはり会ってみたかった。

池内　なるほど。たしかに再会までの経過には、探偵小説みたいな感じがありました。

米原　ええ。子供だったからわからなかったこと、閉鎖的な社会だったからわからなかったこと、そういうのが、再会してみるとまったくこちらの思い違いだったとわかったりして、謎が解けるおもしろさがありました。でも一方では、自分はすごい思い違いのなかで夢を見ていたんだなあということもあって、それがあらためて確認できました。

解説

池澤夏樹

エッセーというのはいわば一方的な会話で、読む者は著者のおもしろい話を聞いている気分になる。

そして、たまたま著者を知っている者にはその声が本当に聞こえるようで、ついつい返事をしたくなる。この本を読んでいる間ずっと米原万里さんのあのアルトの美声が耳に満ちて、懐かしくも嬉《うれ》しかった。

ロシア人がどんなに寒くても海を見ると入らずにはいられないという話（「陽のあたる場所」）でぼくも思い出したことがあります、という風に米原さんに話しかける。

ぼくがその光景を目撃したのは二月末の東海村ならぬ六月中旬のサハリン、亜《ア》庭《ニワ》湾（と昔は書いた）だった。従って目の前の海は太平洋ではなく宗谷海峡。

六月なのにサハリンはとても寒かった。初夏のつもりで行ったのに実際は早春という感じで、ぼくはユジノサハリンスクで急ぎデパートに入って合成皮革のコートを買った。ホテルの部屋は地域暖房の工場が整備中とかで冷え切っていた。もういらないと思って年に一度の定期整備を始めたらまた気温が下がったらしい。

島内を走り回る途中、アニワで海岸に行ってみた。二百キロ彼方の北海道は見えなかったが、そこになんと海水浴をしている夫婦がいた。こちらは買ったばかりのコートにくるまって寒風に耐えているのに、あちらはけらけら笑いながら水と戯れている。「寒くないの？」と聞けば「楽しいじゃない」と答える。たしかにアシカ的な体型の二人ではあったが、それにしても呆《あき》れた。「健康と蛮勇のシンボル」という米原さんの言葉に深く納得する。

あるいは、「きちんとした日本語」の話で、自分が書く日本語の文章が「ギクシャクしていておそろしく硬い」と彼女は言う。そうでもないとぼくは思うけれど、ご本人はそう思い込んでいるらしい。それで思い出すのは何十年も前にミクロネシアで会った年寄りたちの日本語。

あの地域はかつては日本領で、現地の言葉は島ごとにあるが公用語は日本語。子供たちは公学校で日本語を教えられた。三十年前に覚えたその言葉が懐かしくて、ぼくたち日本人が行くと話しかけてくる。

「あなたたちは、内地から、いらっしゃいましたか？」と聞かれて、ついこちらも第一級の敬語で「はい、内地から参りました」と答えた。学校だからそういう日本語しか習わなかったわけで、生活感がない。

それに対して、前記のサハリンで会った朝鮮系の人が「リュックサックしょって遠足ですか？」と流暢《りゅうちょう》に話しかけてくれたのは、子供の頃は日本語で暮らしていたからだろう。

その先で、自分が覚えたギリシャ語はどのくらい硬いのだろうと気になった。三年住んだのだから生活感はあるはずだが、家庭内では使わなかった。家にテレビはなかったし、外ではだいたい行儀よく喋《しゃべ》っていた。どのレベルなのか、いつかギリシャ人の友人に聞いてみよう。

しかし、この本の中でぼくがいちばん米原さんと論じたいのは「『嘘つきアーニャの真っ赤な真実』を書いた理由」のことだ。テレビ番組の企画をきっかけに十三、四歳の時にプラハの学校で一緒だった同級生の消息を求める。リッツァ、アーニャ、ヤスミンカという三人の親友に再会することができた。番組は完成したが、それではまだ伝えきれないものが残って再度彼女たちに会いに行き、あの本が書かれた。

三人のうちで問題はルーマニア出身のアーニャだ。プラハにいる時は熱烈な社会主義の信奉者で、誰にでも「同志」と時代遅れな呼びかけをして顰蹙《ひんしゅく》を買っていたのに、そして誰よりも熱心な愛国者であったのに、長じてはさっさと旗を取り替えてイギリス人になり、

「民族とか言葉なんて下らない」と公言して憚《はばか》らない。

日本では彼女の生きかたは「国や民族から自由になる」と受け取られ、それを追認する形で番組は作られたという。しかし、彼女のあまりの変心に、できあがった番組を見たリッツァとヤスミンカは「胸くそ悪くてアーニャの発言のところでスイッチを切ったわ」と言った。

「どうして二人の優秀なテレビウーマンが納得し、多くの日本人視聴者が感動したアーニャの発言に、わたしや他の級友たちが欺瞞《ぎまん》と偽善の臭いをかぎ取ったのか。そこに、日本人の考えるグローバル化と本来の国際化のあいだの大きな溝があるような気もした」と米原さんは言う。

テレビ番組ではアーニャがおそらく生来持っていた二重の性格の部分は表現されなかっただろう。政府の幹部の娘として専用の召使いまでついた贅沢《ぜいたく》きわまる生活をしながら社会主義を説く。自分の論拠を強化するために平気でいくらでも嘘をつく。ブルジョワそのものの姿で遊びに出る母親のことを「ママは、パパを助けて日夜、労働者階級のために、ブルジョア階級と闘っているのよ」と言う。

好意的に解釈すれば、アーニャはチェーホフの言う「かわいい女」なのかもしれない。夫と死別して再婚するたびに新しい夫の色に染まる女。アーニャの場合は夫ではなくイデオロギーに表面だけが薄く染められて、しかし贅沢を求める本性はちっとも変わらない。

それを基準に人生を選んで、しかもそれをまたさっさと新しいイデオロギーで染める。それはアーニャ一人のこととしていいだろう。そういう人物はどこにでもいるし、幼い時に一つの思想にかぶれ、やがてそれを脱して現実主義的になるのは珍しいことではないし、次から次へ嘘が出てくる虚言癖の人も世の中にはいる。

考えなければならないのは「日本人の考えるグローバル化と本来の国際化のあいだの大きな溝」のことだ。

結局のところ日本人は無知でナイーブで、国際関係のしたたかな現場を知らないということなのだろう。それを米原さんは生い立ちと職業を通じて嫌というほど体験した。

我々は国際関係を抽象論のままに留めてきた。本当はそれではいけないのだが、ずっとそれで済ませてきたからなかなか切り替えができない。早い話が、たいていの日本国民は個人として自分が帰属する民族ということを考えたことがない。たいていの人にとって、日本人と日本国民の間にはいかなる隙間もずれもない。

これについて、昔、ぼくが「民族は自覚である。国民の資格は国が定義するかもしれないが、民族への所属は個人が自ら決めるものである」と書いた。それを読んで米原さんは「支配的民族に帰属することが何かと有利で、親の民族に誇りも将来性も感じられない状況下での『自由な選択』は、弱小民族が大民族に吸収されていくプロセスを早めるだけではという気もした」と書かれた（『打ちのめされるようなすごい本』所載）。

これを読んだ時は、うーん、まいったなと思った。

ぼくはいわゆる単一民族神話を打破するために、まずは民族という概念の第一歩として「自覚」ということを言った。しかしよく考えてみれば、自由な選択が少数民族をいよいよ減らすということもあるのだ。今、北海道外にいるアイヌの人々についての調査が進められているが、差別など不利なことがあれば日本人の中に埋没する方を選ぶ人が多くなる。

だからこそ、文化などを通じてアイヌについても民族の誇りを高めることが大事なのだ。米原さんが今もいらしたら、ぼくは札幌大学がやっている「ウレシパ・プロジェクト」という支援策のことを話しただろう。これは、アイヌの子弟に奨学金を支給し、未来のアイヌ文化の担い手として育成することを目的とする「アファーマティブ・アクション」で、着々と成果を上げている。

我々も少しは変わってきているのだと言いたいけれど、まだまだ大多数の日本人は民族に由来する不幸の実態を知らないし、その分だけナイーブで甘いと米原さんは言うだろう。

初出一覧

I

親戚か友人か隣人か

神聖なる職域（読売新聞「真昼の星空」16　一九九八年九月二〇日）／陽のあたる場所（同右37　一九九九年二月二八日）／頭寒足熱（同右77　一九九九年一二月五日）／流刑あればこそ（同右78　一九九九年一二月一二日）／サッカー好きの元首（同右46　一九九九年五月二日）／花も実も（同右100　二〇〇〇年五月二八日）／親戚か友人か隣人か（同右104　二〇〇〇年六月二五日）／季節を運ぶツバメ（同右107　二〇〇〇年七月一六日）／衣替え（同右114　二〇〇〇年九月三日）／ヤギとヒツジ（同右120　二〇〇〇年一〇月一五日）／雪占い（同右135　二〇〇一年二月四日）／おとぎ話のメッセージ（西南学院大学広報「SEINAN Spirit」内「DEAR STUDENTS」NO.148 2004 spring）／ラーゲリにドキッ（大法輪閣「大法輪」二〇〇二年二月）／愛国心のレッスン（読売新聞「真昼の星空」4　一九九八年六月二八日）／〝近親憎悪〟と無力感と（読売新聞夕刊　一九九六年九月一一日）／プーシキン美術館を創った人々（上野のれん会「うえの」二〇〇五年一一月）

Ⅱ

花より団子か、団子より花か

花より団子か、団子より花か（マミフラワーデザイン「フラワーデザインライフ」帰ってきた万里ちゃん2　二〇〇三年二月）／キノコの魔力（ジェイアール東日本「旅ばあ〜ん」二〇〇四年一一月）／餌と料理を画する一線（双葉社「つくる陶磁郎」二〇〇三年四月）／食欲は……（日本経済新聞　二〇〇二年二月九日）／ソースの数（神戸新聞夕刊　随想　二〇〇二年一月二二日）／黒パンの力（同右　二〇〇二年八月六日）／蕎を伝播した戦争（北白川書房「新そば」122　二〇〇五年四月）／ナポレオンの愛した料理人（松翁軒「よむカステラ」第一〇号　二〇〇四年）／非物的娘（読売新聞「真昼の星空」133　二〇〇一年一月二一日）

Ⅲ

心臓に毛が生えている理由

〇×モードの言語中枢（三省堂　ぶっくれっと　二〇〇一年一月）／言い換えの美学（同右　二〇〇一年三月）／便所の落書きか（同右　二〇〇〇年一一月）／曖昧の効用（同右　二〇〇一年五月）／素晴らしい！（同右　二〇〇一年七月）／心臓に毛が生えている理由《わけ》（同右　二〇〇一年九月）／言葉は誰のものか？（同右　二〇〇二年一月）／脳が羅列モードの理由（同右　二〇〇二年三月）／あけおめ&ことよろ（毎日

新聞夕刊　ダブルクリック　二〇〇三年一月一四日）／きちんとした日本語（同右　二〇〇三年一月二一日）／言葉の力（同右　二〇〇三年三月二五日）／無署名記事（同右　二〇〇三年三月一八日）／読書にもＴＰＯ（同右　二〇〇三年二月四日）／仮名をめぐる謎（同右　二〇〇三年二月二五日）／綴りと発音（同右　二〇〇三年三月一一日）／新聞紋切り型の効用（同右　二〇〇三年三月四日）／ねじれた表現（同右　二〇〇三年一月二八日）

Ⅳ

欲望からその実現までの距離

何て呼びかけてますか？（日本経済新聞　明日への話題　二〇〇二年三月二日）／進化と退化はセットで（同右　二〇〇二年三月一六日）／年賀状と記憶力（同右　二〇〇二年一月五日）／生命のメタファー（SAS Institute Japan「sas com Japanese Edition」2003 NO.2）／皇帝殺しと僭称者の伝統（上野のれん会「うえの」二〇〇三年五月）／理由には理由がある（日本経済新聞　明日への話題　二〇〇二年六月二九日）／物不足の効用（同右　二〇〇二年六月八日）／機内食考（同右　二〇〇二年四月二七日）／氷　室（神戸新聞　随想　二〇〇二年七月五日）／ゾンビ顔の若者たち（潮出版「潮」二〇〇二年八月）／最良の教師（西南学院大学広報「SEINAN Spirit」内

「DEAR STUDENTS」NO.149 2004 summer）／頭の良さとは（同右　NO.150 2004 autumn）／欲望からその実現までの距離（同右　NO.151 2004 winter）

V

ドラゴン・アレクサンドラの尋問

わたしの茶道&華道修業（マミフラワーデザイン「フラワーデザインライフ」帰ってきた万里ちゃん3　二〇〇三年三月）／花はサクラ（同右4　二〇〇三年四月）／リラの花咲く頃（同右5　二〇〇三年五月）／ザクロの花は血の色（同右7　二〇〇三年七月）／グミの白い花（同右8　二〇〇三年九月）／サフランの濃厚な香り（同右10　二〇〇三年一一月）／叔母の陰謀（読売新聞　二〇〇四年九月一四日）／ティッシュペーパー（SAS Institute Japan「sas com Japanese Edition」2003 NO.1）／タンポポの恋（同右　2003 NO.3）／家造りという名の冒険（童話社「21世紀を住む」VOL.20 二〇〇三年）／ドラゴン・アレクサンドラの尋問（図書館の学校「図書館の学校」二〇〇三年三月）／『嘘つきアーニャの真っ赤な真実』を書いた理由（大宅壮一文庫「大宅文庫ニュース」二〇〇二年七月）／秘蔵の書（朝日新聞「一冊の本」二〇〇二年一月）／お父さん大好き（「回想の米原昶」）／童女になっていく母（日本婦人団体連合会「婦人通信」一九九七年一〇月）／父の元へ旅立つ母（同右　二〇〇三年一二月）

Ⅵ

対談　プラハ・ソビエト学校の少女たち、その人生の軌跡

対談　プラハ・ソビエト学校の少女たち、その人生の軌跡（角川書店「本の旅人」二〇〇一年七月）

本書は二〇〇八年四月、小社より刊行された
単行本を文庫化したものです。

心臓《しんぞう》に毛《け》が生《は》えている理由《わけ》

米原万里《よねはらまり》

平成23年 4月25日　初版発行
令和7年 3月5日　23版発行

発行者●山下直久

発行●株式会社KADOKAWA
〒102-8177　東京都千代田区富士見2-13-3
電話　0570-002-301（ナビダイヤル）

角川文庫 16795

印刷所●株式会社KADOKAWA
製本所●株式会社KADOKAWA

表紙画●和田三造

●お問い合わせ
https://www.kadokawa.co.jp/（「お問い合わせ」へお進みください）
※内容によっては、お答えできない場合があります。
※サポートは日本国内のみとさせていただきます。
※Japanese text only

ISBN978-4-04-394436-1　C0195

角川文庫発刊に際して

角川源義

第二次世界大戦の敗北は、軍事力の敗北であった以上に、私たちの若い文化力の敗退であった。私たちの文化が戦争に対して如何に無力であり、単なるあだ花に過ぎなかったかを、私たちは身を以て体験し痛感した。西洋近代文化の摂取にとって、明治以後八十年の歳月は決して短かすぎたとは言えない。にもかかわらず、近代文化の伝統を確立し、自由な批判と柔軟な良識に富む文化層として自らを形成することに私たちは失敗して来た。そしてこれは、各層への文化の普及滲透を任務とする出版人の責任でもあった。

一九四五年以来、私たちは再び振出しに戻り、第一歩から踏み出すことを余儀なくされた。これは大きな不幸ではあるが、反面、これまでの混沌・未熟・歪曲の中にあった我が国の文化に秩序と確たる基礎を齎らすためには絶好の機会でもある。角川書店は、このような祖国の文化的危機にあたり、微力をも顧みず再建の礎石たるべき抱負と決意とをもって出発したが、ここに創立以来の念願を果すべく角川文庫を発刊する。これまで刊行されたあらゆる全集叢書文庫類の長所と短所とを検討し、古今東西の不朽の典籍を、良心的編集のもとに、廉価に、そして書架にふさわしい美本として、多くのひとびとに提供しようとする。しかし私たちは徒らに百科全書的な知識のジレッタントを作ることを目的とせず、あくまで祖国の文化に秩序と再建への道を示し、この文庫を角川書店の栄ある事業として、今後永久に継続発展せしめ、学芸と教養との殿堂として大成せんことを期したい。多くの読書子の愛情ある忠言と支持とによって、この希望と抱負とを完遂せしめられんことを願う。

一九四九年五月三日

角川文庫ベストセラー

嘘つきアーニャの真っ赤な真実　米原万里

一九六〇年、プラハ。小学生のマリはソビエト学校で個性的な友だちに囲まれていた。三〇年後、激動の東欧で音信が途絶えた三人の親友を捜し当てたマリは――。第三三回大宅壮一ノンフィクション賞受賞作。

米原万里ベストエッセイⅠ　米原万里

抜群のユーモアと毒舌で愛された著者の多彩なエッセイから選りすぐる初のベスト集。ロシア語通訳時代の悲喜こもごもや下ネタで笑わせつつ、政治の堕落ぶりを一刀両断。読者を愉しませる天才・米原ワールド！

米原万里ベストエッセイⅡ　米原万里

幼少期をプラハで過ごし、世界を飛び回った目で綴る痛快比較文化論、通訳時代の要人の裏話から家族や犬猫たちとの心温まるエピソード、そして病と闘う日々の記録――。皆に愛された米原万里の魅力が満載。

きみが住む星　池澤夏樹　写真／エルンスト・ハース

成層圏の空を見たとき、ぼくはこの星が好きだと思った。ここがきみが住む星だから。他の星にはきみがいない。鮮やかな異国の風景、出逢った愉快な人々、恋人に伝えたい想いを、絵はがきの形で。

キップをなくして　池澤夏樹

駅から出ようとしたイタルは、キップがないことに気が付いた。キップがない！「キップをなくしたら、駅から出られないんだよ」。女の子に連れられて、東京駅の地下で暮らすことになったイタルは。

角川文庫ベストセラー

星に降る雪
池澤夏樹

男は雪山に暮らし、地下の天文台から星を見ている。死んだ親友の恋人は訊ねる、何を待っているのか、と。岐阜、クレタ。「向こう側」に憑かれた2人の男。生と死のはざま、超越体験を巡る2つの物語。

言葉の流星群
池澤夏樹

残された膨大なテクストを丁寧に、透徹した目で読み進むうちに見えてくる賢治の生の姿。突然のヨーロッパ志向、仏教的な自己犠牲など、わかりにくいとされる賢治の詩を、詩人の目で読み解く。

アトミック・ボックス
池澤夏樹

父の死と同時に現れた公安。父からあるものを託された美汐は、殺人容疑で指名手配される。張り巡らされた国家権力の監視網、命懸けのチェイス。美汐は父が参加した国家プロジェクトの核心に迫るが。

キトラ・ボックス
池澤夏樹

考古学者の三次郎は奈良山中で古代の鏡と剣に巡り合う。剣はキトラ古墳から持ち出されたのか。ウイグル出身の研究者・可敦と謎を追ううち何者かに襲われた可敦を救うため三次郎は昔の恋人の美汐に協力を求める。

ためらいの倫理学
戦争・性・物語
内田樹

ためらい逡巡することに意味がある。戦後責任、愛国心、有事法制をどう考えるか。フェミニズムや男らしさの呪縛をどう克服するか。原理主義や二元論と決別する「正しい」おじさん道を提案する知的エッセイ。

角川文庫ベストセラー

疲れすぎて眠れぬ夜のために　内田　樹

街場の大学論
ウチダ式教育再生　内田　樹

「おじさん」的思考　内田　樹

期間限定の思想
「おじさん」的思考2　内田　樹

アンネ・フランクの記憶　小川洋子

疲れるのは健全である徴。病気になるのは生きている証し。もうサクセス幻想の呪縛から自由になりませんか？　今最も信頼できる思想家が、日本人の身体文化と知の原点に立ち返って提案する、幸福論エッセイ。

今や日本の大学は「冬の時代」、私大の四割が定員を割る中、大学の多くは市場原理を導入し、過剰な実学志向と規模拡大化に向かう。教養とは？　知とは？　まさに大学の原点に立ち返って考える教育再生論。

こつこつ働き、家庭を愛し、正義を信じ、民主主義を守る――今や時代遅れとされる「正しいおじさんとしての常識」を擁護しつつ思想体系を整備し、成熟した大人になるための思考方法を綴る、知的エッセイ。

「女子大生」を仮想相手に、成熟した生き方をするために必要な知恵を伝授。自立とは？　仕事の意味とは？　希望を失った若者の行方は？　様々な社会問題を身体感覚と知に基づき一刀両断する、知的エッセイ。

十代のはじめ『アンネの日記』に心ゆさぶられ、作家への道を志した小川洋子が、アンネの心の内側にふれ、極限におかれた人間の葛藤、尊厳、信頼、愛の形を浮き彫りにした感動のノンフィクション。

角川文庫ベストセラー

刺繍する少女　小川洋子

寄生虫図鑑を前に、捨てたドレスの中に、ホスピスの一室に、もう一人の私が立っている――。記憶の奥深くにささった小さな棘から始まる、震えるほどに美しい愛の物語。

偶然の祝福　小川洋子

見覚えのない弟にとりつかれてしまう女性作家、夫への不信がぬぐえない妻と幼子、失踪者についつい引き込まれていく私……心に小さな空洞を抱える私たちの、愛と再生の物語。

夜明けの縁をさ迷う人々　小川洋子

静かで硬質な筆致のなかに、冴え冴えとした官能性やフェティシズム、そして深い喪失感がただよう――。小川洋子の粋がつまった粒ぞろいの佳品を収録する極上のナイン・ストーリーズ！

不時着する流星たち　小川洋子

世界のはしっこでそっと異彩を放つ人々をモチーフに、現実と虚構のあわいを、ほんのり哀しく、滑稽で愛おしい共感の目でとらえた豊穣な物語世界。バラエティ豊かな記憶、手触り、痕跡を結晶化した全10篇。

アジアンタムブルー　大崎善生

愛する人が死を前にした時、いったい何ができるのだろう。余命幾ばくもない恋人、葉子と向かったニースでの日々。喪失の悲しさと優しさを描き出す、『パイロットフィッシュ』につづく慟哭の恋愛小説。

角川文庫ベストセラー

孤独か、それに等しいもの
大崎善生

今日一日をかけて、私は何を失っていくのだろう——。憂鬱にとらえられてしまった女性の心を繊細に描き出し、灰色の日常に柔らかな光をそそぎこむ奇跡の小説、全五篇。明日への一歩を後押しする作品集。

傘の自由化は可能か
大崎善生

駅やコンビニや飲み屋に、使いたい人がいつでも使用できる「自由な傘」を置いておく——表題エッセイのほか、旅や言葉、本や大好きな周囲の人々など、作家の目がとらえた世界のかけらを慈しむエッセイ集。

孤独の森
大崎善生

北海道・岩見沢にある、厳しいルールと鉄条網で世間から隔離された施設「梟の森」で暮らしていた少年・宗太は、父危篤の情報を得て脱走。父の入院する函館に向けて歩き出したが……。

聖《さとし》の青春
大崎善生

重い腎臓病を抱えつつ将棋界に入門、名人を目指し最高峰リーグ「A級」で奮闘のさなか生涯を終えた天才棋士、村山聖。名人への夢に手をかけ、果たせず倒れた〝怪童〟の人生を描く。第13回新潮学芸賞受賞。

いつかの夏
名古屋闇サイト殺人事件
大崎善生

「闇サイト」で集まった凶漢3人の犯行で命を落とした1人の女性がいた。彼女はなぜ殺されなくてはならなかったのか。そして何を遺したのか。被害者の生涯に寄り添いながら事件に迫る長編ノンフィクション。

角川文庫ベストセラー

ひとを〈嫌う〉ということ　中島義道

あなたに嫌いな人がいて、またあなたを嫌っている人がいることは自然なこと。こういう夥しい「嫌い」を受け止めさらに味付けとして、豊かな人生を送るための処方を明らかにした画期的な一冊。

怒る技術　中島義道

世には怒れない人がなんと多いことか！　自分の言葉と感性を他者に奪われないために――。怒りを感じ、育て、相手にしっかり伝えるための方法を伝授する、ユニークで実践的な「怒り」の哲学エッセイ！

生きるのも死ぬのもイヤなきみへ　中島義道

「生きていたくもないが、死にたくもない」そう、あなたの心の嘆きは正しい。そのイヤな思いをごまかさず大切にして生きるほかはない。孤独と不安を生きる私たちに、一筋の勇気を与えてくれる哲学対話。

うるさい日本の私　中島義道

家を一歩出れば、町に溢れる案内、注意。意味も効果も考えず、「みんなのため」と流されるお節介放送の暴力性に、哲学者は論で闘いを挑む。各企業はどう対処したのか。自己反省も掲載した名エッセイ！

醜い日本の私　中島義道

電線がとぐろを巻き、街ではスピーカーがかなりたてる。美に敏感なはずの国民が、なぜ街中の醜さに鈍感なのか？　日本の美徳の裏に潜むグロテスクな感情、押し付けがましい「優しさ」に断固として立ち向かう。